EIN PERRY-RHODAN-TASCHENBUCH

H. G. FRANCIS

DER GALAKTISCHE SPIELER

VERLAG ARTHUR MOEWIG GMBH, 7550 RASTATT

PERRY RHODAN-Taschenbuch
2. Auflage
erscheint monatlich im Verlag Arthur Moewig GmbH, Rastatt

Redaktion: Günter M. Schelwokat
Vertrieb: Erich Pabel Verlag GmbH, Rastatt
Druck und Bindung: Elsnerdruck GmbH, Berlin
Verkaufspreis inklusive gesetzliche Mehrwertsteuer

Alleinvertrieb und Auslieferung in Österreich:
Pressegroßvertrieb Salzburg, Niederalm 300,
A-5081 Anif
Einzel-Nachbestellungen sind zu richten an:
PV PUBLIC VERLAG GmbH, Postfach 510331, 7500 Karlsruhe 51
Lieferung erfolgt bei Vorkasse + DM 3,50 Porto- und Verpackungsanteil
auf Postscheckkonto 85234-751 Karlsruhe oder per Nachnahme
zum Verkaufspreis plus Porto- und Verpackungsanteil.
Abonnement-Bestellungen sind zu richten an:
PABEL VERLAG GmbH, Postfach 1780, 7550 Rastatt
Lieferung erfolgt zum Verkaufspreis plus ortsüblicher Zustellgebühr
Printed in Germany
August 1985
ISBN 3-8118-5316-3

66 Jahre nach dem Zerfall des Vereinten Imperiums und der Galaktischen Allianz – man schrieb das Jahr 2396 n. Chr. – verfügte Terra über 1112 Planeten in 1017 Sonnensystemen. Dazu kamen noch 1200 Welten der sogenannten Außenringgattung. Die Heimwelt Terra, Sitz der Solaren Regierung und Lebenskeim des Sternenreichs, wies eine Bevölkerung von 7 Milliarden Menschen auf. Die Auswanderung zu neuentdeckten oder noch nicht voll erschlossenen Planeten wurde mit allen Mitteln gefördert.

Nach der Vernichtung von Arkon III hatte sich das alte Arkonidenreich im Verlauf der 66 Jahre in mehr als tausend Interessenverbände aufgesplittert. Ehemalige Gouverneure machten ihre Besitzansprüche geltend.

Die Arkoniden bemühten sich mit allen Mitteln, die Arkonidenkolonien zu übernehmen. Springer, Aras, Antis und etwa zweitausend andere Völker, die aus dem Arkonidenstamm hervorgegangen waren, versuchten zu retten, was noch zu retten war.

Das Großraumgebiet der Milchstraße war zu einem gefährlichen Dschungel zwischen den Sternen geworden. Es war eine Kunst für sich, Bedrängten zu helfen, Mächtige in ihre Schranken zu weisen und die Interessen der Menschheit zu wahren.

Offene militärische Aktionen verboten sich unter diesen Umständen von selbst, da jede Demonstration der Stärke neue Machtballungen unter den Gegnern des Solaren Imperiums hätte provozieren können. Kam es zu bedrohlichen Konflikten unter den verschiedenen Völkern der Galaxis, dann mußten sie auf unauffällige Weise bereinigt werden. Die Agenten der SolAb und die

Spezialisten der USO befanden sich in ständiger Alarmbereitschaft. Ständig trafen Informationen aus allen Teilen der Milchstraße auf der Erde ein und wurden hier in die verschiedenen Kanäle der Abwehrorganisationen und Geheimdienste gelenkt. So konnte oftmals schon eine Gefahr ermittelt und behoben werden, bevor sie der breiten Öffentlichkeit bekannt wurde. Viele zur Macht Strebende aber wußten, wie aufmerksam SolAb und USO waren. Und eingedenk dessen trafen sie ihre Vorbereitungen ...

1.

Das Kreischen der Grantinzy-Affen hallte durch die Schlucht. Tausendfach brachen sich die Schreie an den steil aufsteigenden Felswänden und hallten von den gegenüberliegenden Wänden wider, so daß sich eine endlos erscheinende Kette von Echos ergab.

Giustino Fomasi schob sich vorsichtig voran. Er trug eine Kombination aus einem synthetischen Stoff, der sich den wechselnden Farbbedingungen seiner Umgebung anpaßte. Als er über eine Felsplatte lief, färbte sich die Kombination vorübergehend graubraun, nahm aber wieder eine grüne Färbung an, als er in ein Gebüsch vordrang.

Fomasi hielt ein Stahlkatapult in den Händen. Mit dieser Waffe hoffte er, die halbintelligenten Affen überwinden zu können.

Neben einem Wasserfall verharrte er, als er die Grantinzy-Affen endlich sah. Sie turnten ausgelassen auf einigen Bäumen herum, die sie weitgehend kahl gefressen hatten, so daß nur noch das weiße Holz geblieben war.

Fomasi fuhr sich mit dem Handrücken über die Lippen.

Der Anblick der Herde war überwältigend. Er schätzte, daß sich etwa zweihundert Affen auf dem Plateau vor ihm befanden. Das waren mehr, als er in seinem ganzen Leben zu Gesicht bekommen hatte.

Der Wert dieser Horde war in Geld gar nicht auszudrücken.

Fomasi zog sich einige Schritte weit zurück und kauerte sich hinter einem Busch auf den Boden. Dann holte er aus seiner Tasche eine Reihe von Stahlbolzen. Sie waren kurz und dick und an ihrem Ende mit einem Dorn versehen. Sie töteten hauptsächlich durch die Aufschlagswucht und den Schock, den sie dabei auslösten.

Fomasi hob das Katapult und legte einen Bolzen in das Zugband. Doch dann ließ er die Waffe noch einmal sinken. Er drehte sich langsam um sich selbst, wobei er seine Umgebung sorgfältig absuchte. Er hatte den Grund einer Schlucht erreicht, die etwa zweihundert Meter tief und einhundert Meter breit war. Sie zog sich über mehr als zweihundert Kilometer hin und erlaubte nur an wenigen Stellen den Abstieg. Die Felswände waren so steil und glatt, daß selbst die Affen sie nicht überall erklimmen konnten.

Wo sich Einbrüche, Spalten oder Vorsprünge gebildet hatten, wucherten tropische Pflanzen. Doch für sie interessierte sich der Terraner nicht. Er wollte wissen, ob er wirklich allein war oder ob sich irgendwo ein Beobachter verbarg.

Etwa zehn Minuten verstrichen. Dann war sich Fomasi sicher, daß er nichts zu befürchten hatte.

Er spannte das Katapult und zielte auf einen besonders großen Affen, der auf einem weit ausladenden Ast hockte. Das halbintelligente Wesen hatte einen hellblau schimmernden Pelz, das durch eine leuchtend gelbe Halskrause unterbrochen wurde. Rote Kreise umrahmten die dunklen Augen, und über die fliehende

Stirn erhoben sich gelbe und rote Haarbüschel, die wie Federn aussahen. Der Grantinzy-Affe war etwa einen Meter groß, aber außerordentlich kräftig. Fomasi wußte, daß er ohne weiteres in der Lage war, einen erwachsenen Terraner zu Boden zu werfen und mit seinem gewaltigen Gebiß zu zerreißen. Doch Grantinzy-Affen kämpften so gut wie nie. Es waren friedliche Geschöpfe, die fast immer nur die Flucht ergriffen, wenn Gefahr drohte.

Fomasi spannte das Katapult, das mit einer Zielvorrichtung versehen war. Lautlos raste der Stahlbolzen durch die Luft. Er traf den Affen in den Nacken und schleuderte ihn vom Ast. Aus einer Höhe von etwa drei Metern stürzte er zu Boden und blieb bewegungslos liegen.

Das Spiel der anderen Grantinzy-Affen endete schlagartig. Sie blickten auf das tote Männchen herab.

Fomasi zielte erneut und schoß.

Ein zweiter Affe stürzte tot vom Baum. Jetzt erhob sich ein wildes Geschrei. Die halbintelligenten Wesen erfaßten, daß etwas Ungeheuerliches geschehen war, erkannten die Gefahr jedoch noch nicht. Sie kletterten zu den toten Affen herab, wobei Fomasi ein drittes Opfer erwischte.

Plötzlich schoß ein tentakelförmiger Arm über seine Schulter hinweg und packte das Katapult.

Fomasi sprang auf und wirbelte herum. Etwas Dunkles raste auf ihn zu und warf sich auf ihn. Bewußtlos stürzte er zu Boden.

Giustino Fomasi brauchte Stunden, bis sich seine Sinne wieder klärten. Als er allmählich wieder zu sich kam, wußte er nicht, wo er war. Der Boden unter ihm schwankte und bebte, so daß ihm schlecht wurde. Er versuchte, die Augen zu öffnen, aber das gelang ihm zunächst nicht. Je mehr er sich anstrengte, desto geringer war der Erfolg, und er wurde immer wieder bewußtlos.

Als es ihm endlich gelang, die Augen zu öffnen, erkannte er, daß er auf dem Rücken eines Dradas saß, eines jener Tiere, die den Oktanern als Haupttransportmittel dienten.

Die Erkenntnis traf ihn wie ein Schock.

Er richtete sich kerzengerade auf.

Vor ihm ritt ein Oktaner auf einem anderen Drada. Von seinem Sattel aus führten stählerne Bänder zu ihm hin.

Fomasi blickte auf seine Hände herab. Sie waren gefesselt. Wütend zerrte er an den Stahlbändern, jedoch ohne den geringsten Erfolg. Sie schnitten schmerzhaft tief in die Handgelenke.

Der Terraner drehte sich um. Er sah, daß sich hinter ihm niemand mehr befand. Endlos weit dehnte sich die Wüste. Einige gescheckte Aasfresser folgten ihnen im Abstand von etwa hundert Metern. Am Horizont erhoben sich die Berge, in denen er gejagt hatte.

Vor ihnen befand sich grünes Land. Es erstreckte sich wie ein endloses grünes Band vom Westen bis zum Osten. Der Oktaner und er ritten auf einer ausgetretenen Piste, die sich in scheinbar sinnlosen Windungen durch die Wüste schlängelte. Fomasi wußte jedoch, daß dieser Pfad in Jahrtausenden entstanden war und daß es lebensgefährlich gewesen wäre, ihn zu verlassen. Nur wenige Schritte neben dem sicheren Grund befanden sich Treibsandnester, in denen ein Mensch in wenigen Sekunden versank.

„Nein!" schrie der Terraner. „Nein – anhalten!"

Er riß an den Stahlbändern und warf sich zurück, so daß der Oktaner vor ihm den Zug spürte. Tatsächlich zügelte er sein Drada und drehte sich zu ihm um.

Er hatte ein humanoides Äußeres, jedoch wuchsen aus seinen Schultern armdicke Tentakel hervor, die eine Länge von etwa zwei Metern erreichten. Er hatte sie nach hinten gestellt und mit den Enden auf den Sattel gelegt. Auf diese Weise pflegten sich Oktaner gegen Angriffe von hinten zu sichern. Ein Speer oder auch ein Geschoß, das von einem Katapult abgefeuert wurde, konnte die Muskelstränge nicht durchdringen.

Daneben hatte der Oktaner zwei Arme und zwei Beine mit ähnlich situierten Gelenken wie der Terraner. Er hatte vier Finger und einen Daumen an jeder Hand. Sein Kopf hatte jedoch nur noch eine entfernt humanoide Form. Er sah aus wie ein grauer, vielfach zerfurchter Stein, den man aus einer Tropfsteinhöhle herausgebrochen hatte. Er besaß so viele Auswüchse, Dornen, Ausbuchtungen, Furchen und Auffaltungen, daß dabei die beiden Augen, die Wahrnehmungsorgane und der Mund kaum zu erkennen waren. Fomasi wußte, daß diese Unregelmäßigkeiten sich über den ganzen Körper erstreckten. Er konnte sie jedoch nicht erkennen, weil der Oktaner sich in weite Gewänder kleidete, die seinen ganzen Körper umhüllten. Hinzu kamen mehrere weiße und lindgrüne Umhänge von unterschiedlicher Länge sowie breite Schärpen, die seine Hüften umspannten.

„Was schreist du, Terraner?“ fragte der Oktaner.

„Binde mich los“, forderte Fomasi. „Sofort. Löse die Fesseln.“

„Ich habe gesehen, daß du die Affen getötet hast“, erwiderte der Oktaner, als sei damit alles erklärt. Er drehte sich wieder um und trieb sein Reittier an.

Giustino Fomasi brüllte ihm immer wieder Befehle zu und forderte ihn auf, anzuhalten, doch der Oktaner reagierte nicht. Als der Terraner versuchte, sein Drada anzuhalten, begann der Oktaner zu pfeifen. Von diesem Moment an reagierte das Tier nicht mehr auf die Befehle des Jägers. Es trabte unverdrossen weiter, so daß er bald resignierte.

Etwa eine halbe Stunde verstrich. Während dieser Zeit überlegte der Terraner fieberhaft, wie er sich retten könnte. Er legte sich zahlreiche Pläne zurecht, verwarf sie wieder und entwickelte neue. Als sie schließlich einen ausgedehnten See erreichten, hatte er sich noch immer nicht entschlossen.

Der Oktaner führte sein Reittier auf eine geflochtene Matte aus vertrockneten Pflanzen. Sie war etwa vier Meter breit und zwanzig Zentimeter dick. Sie führte scheinbar endlos in den See hinein, durchschnitt in etwa zwei Kilometern Entfernung eine Insel und schien danach bis zum Horizont und noch darüber hinaus zu reichen. Sie wurde zu beiden Seiten durch Holzpflöcke abgesichert, die die Inselbewohner in den morastigen Boden des Sees getrieben hatten.

Als Fomasi über die schwankende Brücke ritt, sah er, daß der See nur wenige Zentimeter tief war. Darunter begann ein Morast, der unergründlich zu sein schien. Der Terraner hatte davon gehört, und er glaubte ohne weiteres, daß jeder verloren war, der die Brücke verließ.

Er hatte jedoch auch gehört, daß jeder verloren war, der die Brücke als Gefangener betreten hatte. Wiederum versuchte er, sich von den Fesseln zu befreien, und abermals scheiterte er. Der Oktaner führte ihn über die schwimmende Brücke auf die Insel.

Hier sah Fomasi, daß die Brücke die Insel in der Tat überquerte und zu weiteren Inseln führte. Bereits die erste Insel war das Ziel des Oktaners, der ihn gefangengenommen hatte.

Unter hohen Bäumen mit weit ausladenden Ästen erhoben sich zahlreiche Hütten, die aus dem gleichen Strohgeflecht bestanden wie die Brücke. Sie standen teils auf festem Boden, teils auf Matten, die mit Strikken an Baumstämmen befestigt waren.

Männer, Frauen und Kinder kamen aus den Hütten

und umringten den Gefangenen. Neugierig blickten sie ihn an. Sie schwatzten aufgeregt miteinander. Fomasi versuchte, den positronischen Translator einzuschalten, der auf seiner Brust hing, doch er erreichte ihn nicht.

Der Oktaner stieg ab und kam zu ihm. Er half ihm aus dem Sattel.

„Und was geschieht jetzt?“ fragte der Terraner.

„Was fragst du?“ entgegnete der Oktaner. „Du weißt es doch. Wer Grantinzy-Affen tötet, spricht mit dem Hüter des Schwertes. Er wird noch heute kommen.“

Er gab den anderen Männern des Dorfes ein Zeichen mit einem seiner Tentakel, den er dabei zur Hälfte aufrollte und dann in Richtung eines Baumes ausstreckte. Die Männer ergriffen den Terraner und schleppten ihn zum Baum. Sie fesselten ihn an den Stamm. Danach wandten sich alle von dem Gefangenen ab und taten, als sei dieser nicht mehr vorhanden.

Einige Stunden vergingen. Die rote Sonne von Okta neigte sich dem Horizont zu. Als sie genau über der Mattenbrücke stand, erschienen zwei Lichter in der Wüste.

Die Männer des Dorfes kamen aus ihren Hütten. Sie hatten sich mit farbenprächtigen Gewändern geschmückt. Viele trugen goldene Ketten an den Armen. Und alle waren bewaffnet. Sie bestiegen die Dradas und ritten über die Brücke. Giustino Fomasi konnte sie sehen. Er beobachtete, daß sich die Reiter am Ende der Brücke zu beiden Seiten hin verteilten.

Auf der Brücke standen zwei Männer mit Blasinstrumenten, die aus Hörnern gefertigt waren. Sie spielten eine Melodie, die den Terraner eigenartig berührte.

Die Lichter erreichten die Brücke. Fomasi hörte das Tuckern eines Explosionsmotors. Ein vierrädriges Fahrzeug rollte auf die Brücke. Es erinnerte den Terraner an die Autos, die es vor Jahrhunderten auch auf der Erde gegeben hatte. Unter einem Sonnensegel saß ein Oktaner und lenkte das Fahrzeug. Er trug violette Kleider, die im Fahrtwind flatterten.

Die Reiter zogen Messer aus den Schärpen, die sie um die Hüften geschlungen hatten, und streckten sie in den Himmel. Die Bläser gingen zu schrillen, enervierenden Tönen über.

Der Hüter des Schwertes fuhr auf die Insel und hielt vor der größten Hütte. Aus der Nähe sah Giustino Fomasi, daß der Wagen eine Reihe von modernen Geräten enthielt, die nicht in diese Welt zu passen schienen. Er wußte jedoch, daß auf Okta hochentwickelte Zivilisationen bestanden, zwischen denen es teils enge Kontakte, teils überhaupt keine Verbindungen gab.

Der Hüter des Schwertes stieg aus und verschwand zusammen mit mehreren Männern in der Hütte, die etwa zwanzig Meter lang, sieben Meter breit und drei Meter hoch war. Zum ersten Mal sah Fomasi eines der Sertagi-Schwerter, von denen er schon so viel gehört hatte. Die Oktaner glaubten, daß ihre Götter in diesen etwa anderthalb Meter langen Schwertern wohnten. Da sie nur 42 Götter kannten, gab es auch stets nur 42 Sertagi-Schwerter auf Okta. Einige der Götter pflegten sich jedoch nach dem Glauben der Oktaner für bestimmte Jahreszeiten in ihr geheimnisvolles Reich zurückzuziehen. Sobald das geschah, mußte das Schwert sie begleiten, das ihnen entsprach. Vor Jahren schon hatte ein Oktaner dem Terraner erklärt, daß dieses Schwert dann im Meer versenkt wurde.

Die Meister der Sertagi-Schwerter fertigten Monate oder Wochen später ein neues Schwert oder auch mehrere, so daß für jeden zurückkehrenden Gott ein Schwert zur Verfügung stand. Und nur die Hüter der Schwerter waren berechtigt, ein Schwert zu tragen. Es war nicht nur Symbol ihrer Macht, sondern auch ihrer religiösen Bedeutung.

Giustino Fomasi, der schon mehrere Male auf Okta zur Jagd gewesen war, wußte, daß man den Hütern der Schwerter geradezu phantastische Fähigkeiten im Schwertkampf nachsagte. Es hieß, daß sie das Schwert schneller aus der Scheide ziehen und einsetzen konnten, als das menschliche Auge es wahrnahm.

Der Terraner zweifelte daran, daß es tatsächlich so war. Er glaubte auch nicht, daß die Meister der Schwerter die Schärfe der Stahlklinge dadurch prüften, daß sie eine Feder in die Luft warfen und sie mit dem Schwert zerteilten.

Ein Oktaner kam zu ihm und löste schweigend seine Fesseln. Dann zeigte er auf die Hütte, in der sich der Hüter des Schwertes befand. Fomasi wußte, daß ein Fluchtversuch von vornherein zum Scheitern verurteilt und sinnlos gewesen wäre. Deshalb ging er mit.

Er hoffte immer noch, daß er sich retten konnte.

Immerhin hatte er den Oktanern etwas zu bieten. Sein Raumschiff, mit dem er in den Bergen gelandet war, stellte einen erheblichen Wert dar, obwohl es schon über fünfzig Jahre alt war. An Bord befanden sich Waffen, die für die verschiedenen politischen Gruppen auf Okta von höchster Bedeutung sein konnten.

Außerdem war er ein Terraner. Somit glaubte er, über besondere Rechte zu verfügen. Er konnte sich nicht vorstellen, daß die Oktaner einen Terraner ebenso hart bestrafen würden wie einen ihrer eigenen Leute.

Er betrat die Hütte.

Der Hüter des Schwertes hockte mit untergeschlagenen Beinen auf dem Boden vor einem Feuer, das in einem Stahlkessel brannte. Das leicht gekrümmte Schwert hing an seiner Seite in einer goldverzierten Lederscheide.

„Setz dich“, befahl der Oktaner, der Fomasi in die Hütte geführt hatte.

Der Terraner gehorchte. Er ließ sich dem Hüter des Schwertes gegenüber auf den Boden sinken. Das Feuer befand sich zwischen ihnen. Die Flammen erzeugten ein seltsames Schattenspiel auf dem Gesicht des Oktaners, das Fomasi nun noch fremdartiger und undurchdringlicher erschien.

„Du kennst unsere Gesetze?“ fragte der Hüter.

„Einige. Nicht alle“, erwiderte der Terraner.

„Ich spreche von den Jagdgesetzen“, erklärte der Oktaner in freundlichem Ton. Er schien keinerlei feindselige Gefühle gegen den Terraner zu hegen.

„Sie sind mir bekannt.“

„Dann weißt du, daß es verboten ist, Grantinzy-Affen zu töten.“

„Ich habe davon gehört.“

„Es ist verboten. Wer einen Grantinzy-Affen tötet, wird nach dem Gesetz der Väter bestraft.“

„Was besagt dieses Gesetz?“ fragte Fomasi.

„Ihm widerfährt das gleiche wie dem Affen. Er wird getötet.“

Der Terraner erschrak. Tatsächlich war ihm bekannt gewesen, daß die oktanischen Affen unter Naturschutz gestellt worden waren, um sie vor dem Aussterben zu bewahren. Von der Todesstrafe hatte er nichts gewußt.

„Seit Jahrzehnten kommen die Terraner nach Okta, um Grantinzy-Affen zu jagen“, sagte der Hüter des Schwertes. „Warum? Welchen Wert haben die Affen für euch?“

Giustino Fomasi hielt überrascht den Atem an.

„Ihr wißt es nicht?“ fragte er. „Aber das kann doch nicht sein. Wir können doch nicht schon seit so langer Zeit Affen auf Okta jagen, ohne daß ihr erfahrt, warum das geschieht.“

„Niemand hat es uns bisher gesagt."

Der Terraner beugte sich nach vorn.

„Ich will es euch erklären", versprach er. „Ich erwarte jedoch eine Gegenleistung – beispielsweise Milde."

„Du bekommst diese Gegenleistung", erwiderte der Oktaner.

„Ist das sicher?"

Der Hüter richtete sich stolz auf.

„Es ist sicher", sagte er in verweisendem Ton.

„Nun gut. Dann will ich versuchen, euch die Zusammenhänge zu erklären", entgegnete Fomasi. „Vielleicht habt ihr schon mal von Gordon Grosvenor gehört. Er ist der größte Hotelier und Gastronom des Solaren Imperiums. Hartnäckig verfolgt er das Ziel, auf jedem Planeten des Imperiums wenigstens ein Hotel zu haben. Er hat Häuser, die über Spezialeinrichtungen für exotische und nichthumanoide Gäste verfügen und die allen nur erdenklichen Anforderungen gerecht werden. Er besitzt Hotels, in denen mehr als zehntausend Menschen übernachten können, aber auf unbedeutenden Planeten auch Häuser, die nur über acht oder neun Zimmer verfügen."

Die Oktaner hörten schweigend zu. Sie saßen still und unbeweglich auf dem Boden und verrieten durch keine Reaktion, was sie dachten oder empfanden.

„Wie viele große Männer, so hat auch Grosvenor seinen Tick", fuhr der Terraner fort. „Als er sein erstes Hotel erwarb, stellte er in der Hotelhalle einen Pelzmantel aus Grantinzy-Fellen aus. Das war sein Glücksbringer, eine ausgesprochene Kostbarkeit, die Gordon Grosvenor von Okta mitgebracht hatte. Pelze von exotischen Planeten stehen überall im Imperium hoch im Kurs. Zu den kostbarsten Fellen aber zählen die Grantinzy-Felle."

Auch jetzt unterbrachen die Oktaner ihn nicht mit Fragen.

„Mit diesem ...“, Fomasi räusperte sich, „... Gag hatte Grosvenor einen überwältigenden Erfolg. Man sprach von seinem neuen Hotel, und es dauerte nicht lange, bis er sich weitere Hotels kaufen konnte. Das Unternehmen florierte. Und jedesmal, wenn Grosvenor ein neues Hotel eröffnete, stellte er irgend etwas aus, was aus Grantinzy-Fellen hergestellt war. Grantinzy-Felle sind zu einem Wahrzeichen der Grosvenor-Hotelkette geworden. Nun weiß man mittlerweile, daß die Grantinzy-Affen unter Naturschutz gestellt worden sind, aber Grosvenor verlangt dennoch neue Felle. Er will sein Imperium erweitern. Mit aller Macht. Grosvenor wird nicht ruhen, bis er auch den letzten Grantinzy-Affen geholt hat, der noch auf Okta lebt.“

Der Hüter des Schwertes senkte den Kopf. Niemand sprach. Nur das Feuer schien noch zu leben. Die Flammen stiegen höher auf als zuvor, so daß Fomasi befürchtete, das staubtrockene Stroh der Hütte werde sich entzünden.

Etwa eine halbe Stunde verstrich. Während dieser Zeit wuchs die Zuversicht des Terraners. Mehr und mehr glaubte er daran, daß er den Planeten Okta lebend verlassen würde. Endlich hob der Hüter den Kopf.

„Viele Jahre lang hat niemand von uns bemerkt, was in den Bergen geschah“, erklärte er. „Niemand auf Okta hat gewußt, daß die Terraner Grantinzy-Affen jagen, um ihnen die Felle zu nehmen. Sie flogen mit ihren Maschinen in die Einsamkeit der Berge, wo niemand sehen konnte, was sie taten. Und als wir erfuhren, daß sie die Affen töteten, wollten wir es nicht glauben.“

„Haben die Affen denn eine so große Bedeutung für euch?“ fragte Fomasi.

„In ihnen leben unsere Ahnen“, erwiderte der Oktaner.

Der Jäger zuckte zusammen.

Er war ein moderner Mann, der nicht viel von religiösen Dingen hielt. Er selbst glaubte nicht daran, daß der Geist der Ahnen in irgendeinem Wesen leben konnte, in welcher Art auch immer. Er hielt solche Dinge für Unsinn.

Das änderte jedoch nichts daran, daß er den Glauben anderer respektierte und daß er sehr wohl wußte, welche Bedeutung er für andere haben konnte.

Er erfaßte, daß er die Krise keineswegs überstanden hatte, sondern sich noch immer in tödlicher Gefahr befand.

„Das tut mir leid", sagte er mühsam. „Das habe ich nicht gewußt."

„Es ist ein unerträglicher Gedanke für uns, daß die Felle der Affen bei euch dazu dienen, eure Frauen zu schmücken", erklärte der Hüter des Schwertes.

Er verschränkte die Arme vor dem Körper, so daß sich seine linke Hand auf den rechten Oberschenkel legte, während die rechte Hand den Griff des Schwertes umschloß. Der Terraner sah die Hand am Schwertgriff, maß dieser Geste jedoch keine Bedeutung bei. Der Hüter des Schwertes hockte auf dem Boden. In dieser Haltung, so meinte Fomasi, konnte er das Schwert nicht ziehen und erst recht nicht einsetzen.

„Ich verstehe jetzt, daß ich ein schweres Verbrechen begangen habe", sagte der Terraner. „Ich habe dir jedoch auch geholfen und dir freiwillig Informationen gegeben. Dafür hast du mir Milde versprochen."

„Ich werde Milde walten lassen."

„Dann wirst du mich nicht töten?" fragte der Terraner hoffnungsvoll.

„Doch", antwortete der Oktaner, „aber du wirst es nicht bemerken. Und nun erzähle mir mehr von Grosvenor und seinen Hotels."

Giustino Fomasi wurde die Kehle eng. Er brachte einige unverständliche Laute hervor und setzte zu weiteren Worten an. Er beobachtete den Hüter des

Schwertes durch die Flammen. Er sah, daß der Oktaner sich nach vorn beugte.

Alles andere bemerkte er nicht.

Der Hüter des Schwertes zog die Klinge blitzschnell aus der Scheide und ließ sie bogenförmig nach vorn fliegen. Sie durchschnitt die Flammen und erreichte den Terraner, der noch nicht einmal blinzelte.

Der Hüter richtete Fomasi, ohne daß es ihm bewußt wurde.

2.

Ronald Tekener betrat das Büro Lordadmiral Atlans, der hinter seinem Arbeitstisch saß und einige Fotos auswertete. Der Arkonide schob die Aufnahmen zur Seite, als er Tekener sah, und bot ihm Platz an.

„Nun, Ronald?“ fragte er. „Hat sich etwas Neues ergeben?“

„Allerdings“, erwiderte der USO-Spezialist. Sein Gesicht war von frisch verheilten Lashat-Narben entstellt. Tekener war dreiundzwanzig Jahre alt, hatte aber bereits einige Einsätze für die USO hinter sich, bei denen er seine hohe Qualifikation bewiesen hatte. „Gordon Grosvenor ist nur auf den ersten Blick ein wirtschaftlicher Gigant. Er will ganz offensichtlich mehr als nur wirtschaftlichen Einfluß. Er sucht die politische Macht. Ein deutliches Anzeichen dafür ist die politische Aktivität, die er auf den Außenringwelten entwickelt.“

„Das ist also das, was wir bereits vermutet haben“, entgegnete Atlan.

„Grosvenor ist es gelungen, einige Welten unter seinen Einfluß zu bringen. Es ist ein offenes Geheimnis, daß er auf wenigstens fünf Planeten Regierungen eingesetzt hat, die Exekutive seines Willens sind. Dabei handelt es sich größtenteils um Handelswelten, auf denen sich der Bau von Hotels lohnt. In zunehmendem Maße interessiert sich Grosvenor jedoch auch für andere Wirtschaftszweige."

„Das alles ist nicht verboten", stellte der Arkonide fest.

„Nein", erwiderte Tekener. „Die Aktivitäten Grosvenors werden jedoch von anderen Sternenvölkern mit größter Aufmerksamkeit verfolgt. Man befürchtet, daß Grosvenor ein politischer und militärischer Machtfaktor werden könnte, wobei mit besonderem Unwillen beobachtet wird, daß Grosvenor ein Terraner ist."

„Wir werden ihn im Auge behalten", erklärte Atlan. „Mit einer solchen Entwicklung müssen wir in der derzeitigen Situation rechnen. Vielleicht genügt es, ihn in die Schranken zu verweisen. Jetzt aber etwas anderes."

Der Arkonide schob Tekener die Fotos hin.

„Onxytaur, einer der mächtigsten und angesehensten Führer auf dem Planeten Okta im Möura-System, wird in einigen Tagen hier auf der Erde zu einem Staatsbesuch eintreffen. Okta ist ein kleiner und im Grunde genommen unwichtiger Planet. Er birgt jedoch gefährlichen Konfliktstoff in sich, und dabei sind wir schon wieder bei Grosvenor."

„Die Grantinzy-Felle", bemerkte Tekener.

„Richtig. Wir wissen inzwischen, daß die Grantinzy-Affen unter Naturschutz gestellt worden sind. Dennoch haben in den letzten Wochen und Monaten zahlreiche Abenteurer und Glücksjäger versucht, Affenfelle von Okta zu holen. Sie sind alle gefaßt und hingerichtet worden. Die sogenannten Hüter der Schwerter räumen gnadenlos auf. Dennoch wagen es immer wieder Terraner, die Jagd aufzunehmen. Sie gehen mit immer größerem technischen Aufwand vor. Der letzte von ihnen ist in einem Kampfanzug auf die Jagd gegangen, so daß er für die Oktaner unangreifbar war."

„Onxytaur kommt also zur Erde, um diesen Zuständen ein Ende zu bereiten", stellte Tekener fest.

„Unter anderem", antwortete der Aktivatorträger. „Die Oktaner haben mit gewaltigen wirtschaftlichen Problemen zu kämpfen. Sie benötigen die Hilfe Terras, um eine exportfähige Wirtschaft aufbauen zu können. Ich vermute, daß Grosvenor die Gelegenheit ergreift, mit Onxytaur zu sprechen. Er wird ihm Verhandlungen anbieten und vermutlich versuchen, ihn zu übervorteilen."

„Dabei haben wir keinen Grund, einzugreifen", sagte Tekener. „Solange Grosvenor nicht gegen Gesetze verstößt, können wir nichts tun."

„Das ist richtig", bestätigte der Arkonide. „Ihre Aufgabe wird es daher zunächst nur sein, den Oktaner zu überwachen. Nehmen Sie notfalls Verbindung mit ihm auf. Grosvenor wird inzwischen ein Schreiben der Regierung erhalten, in dem ihm angeraten wird, anstelle der Grantinzy-Felle Imitationen auszustellen. Ich bezweifle allerdings, daß er darauf eingeht, obwohl diese nur von wenigen Experten als Nachahmungen erkannt werden können."

Er schob Tekener eine Folie zu.

„Hier sind einige weitere Unterlagen über Grosvenor. Wir haben keinerlei Beweise. Einige Spezialisten halten jedoch für möglich, daß Grosvenors Sicherheitseinheit, die für ihn eine Art Geheimpolizei darstellt, auch vor einem Mord nicht zurückschreckt."

Tekener nickte nur. Er nahm die Papiere an sich und verließ das Büro.

Melvin Scherba drückte eine Taste auf dem Schaltpult, an dem er saß. Ein Bildschirm erhellte sich. Auf gelbem Untergrund zeichnete sich das plastische Bild eines Grantinzy-Affen ab.

„Mr. Grosvenor, bitte", sagte Scherba.

Einige Sekunden verstrichen, dann entgegnete eine dunkle, angenehm klingende Stimme: „Melvin, was wünschen Sie?"

„Sir, Onxytaur, den man mit einigen Einschränkungen als Herrscher von Okta bezeichnen kann, hat das Möura-System verlassen. Er ist auf dem Weg zur Erde, wo er mit der Regierung verhandeln will."

„Ausgezeichnet", erwiderte Grosvenor. „Wir rechnen damit, daß Onxytaur keinen Erfolg haben wird. Der Planet Okta hat dem Solaren Imperium zu wenig zu bieten. Man wird dem Hüter des Schwertes einige Angebote machen, jedoch wird sich kurzfristig für Okta nichts ändern."

„Nach den vorliegenden Informationen wird Onxytaur auf dem Rückflug nach Okta Zwischenstation auf dem Planeten Flachat im Torre-System machen und auch dort verhandeln."

„Ausgezeichnet", sagte Grosvenor. „Ihre Aufgabe wird es sein, Melvin, dafür zu sorgen, daß Onxytaur in unserem Hotel auf Flachat Quartier bezieht. Wie Sie wissen, gibt es dort ein Spielcasino, so daß wir die Gunst der Stunde nutzen und Onxytaur zu einem Spiel einladen können. Daraus ergibt sich dann alles Weitere. Ich vertraue Ihnen, Melvin."

„Danke, Sir."

Melvin Scherba lehnte sich in seinem Sessel zurück. Er wußte, daß er mit Hilfe einer Kamera ständig beobachtet wurde. Im Lauf der Jahre hatte er sich daran gewöhnt.

Gordon Grosvenor hatte er noch nie gesehen, obwohl er schon unzählige Male mit ihm gesprochen hatte.

Melvin Scherba, der einer der engsten Mitarbeiter im Außendienst des Grosvenor-Konzerns war, wußte, daß Grosvenor einige Male in der Öffentlichkeit aufgetreten war. Er hatte jedoch nicht zugelassen, daß bei derartigen Gelegenheiten Fotos gemacht worden waren. Grosvenor hatte die Stille seiner Hotelsuite nur verlassen, um irgendwo in einem Spielsalon einem besonders erfolgreichen Spieler zu begegnen. Grosvenor galt als leidenschaftlicher Spieler. Von ihm hieß es, daß er im Spiel noch niemals Verlust gemacht hatte.

In den Augen Scherbas war Grosvenor ein Genie, das er bedingungslos verehrte. Scherba war einer jener wenigen Männer, die wußten, wie groß die Macht Grosvenors wirklich war. Scherba hatte im Auftrag seines Chefs zahllose Spielcasinos in allen Teilen der Galaxis eingerichtet. Er wußte, daß Grosvenor absoluter Herrscher über viele Planeten war, und auf allen stellten seine Spielcasinos außerordentlich lohnende Geldquellen dar. Grosvenor erteilte sich auf zahlreichen Welten selbst die Konzession, ein Spielcasino zu betreiben, da er kraft seines Geldes und seines Einflusses der tatsächliche Herrscher auf diesen Planeten war. Das hatte zur Folge, daß er die anfallenden Gewinne zu 100 Prozent einstreichen konnte. Staatliche Abgaben akzeptierte er nur dort, wo es gar nicht anders möglich war. Beispielsweise auf der Erde.

Melvin Scherba wartete.

Grosvenor hatte das Gespräch noch nicht als beendet erklärt. Daher konnten noch weitere Anweisungen folgen.

„Wir haben einen Brief vom Solaren Imperium erhalten", fuhr der Hotelkönig fort, nachdem fast zwanzig Minuten verstrichen waren. „Man empfiehlt uns, zu Imitationen überzugehen."

Melvin Scherba lächelte. Er wußte, daß so etwas für Grosvenor überhaupt nicht in Frage kam.

„Wir brauchen darüber nicht näher zu sprechen", erklärte Grosvenor. „Wir werden sehen, was sich mit Onxytaur machen läßt."

„Auf jeden Fall müssen wir mehr noch als bisher damit rechnen, daß sich SolAb und USO einschalten“, bemerkte Scherba.

„Das ist richtig“, bestätigte Grosvenor. „Wir haben uns darauf längst vorbereitet. Unsere Abwehrorganisation steht, und ein Agent des Solaren Imperiums wird es schwer haben, gegen uns zu bestehen.“

Der Bildschirm erlosch.

Melvin Scherba erhob sich. Er war es gewohnt, daß Gordon Grosvenor das Gespräch beendete, ohne sich zu verabschieden.

Einige Tage später saß Melvin Scherba erneut vor dem Kommunikationsgerät und nahm Verbindung mit Gordon Grosvenor auf. Dieser meldete sich so schnell, als habe er nur auf den Anruf gewartet.

„Nun, Melvin?“ fragte er. „Was gibt es?“

„Onxytaur hat die Erde verlassen und ist soeben auf Flachat gelandet“, teilte ihm der Vertraute mit. „Die Verhandlungen auf der Erde sind praktisch ergebnislos verlaufen. Der Hüter des Schwertes kehrt mit leeren Händen nach Okta zurück, wenn es ihm nicht noch gelingt, auf Flachat Geschäfte zu machen.“

„Wie sind die Aussichten?“

„Leider sehr gut“, erwiderte Scherba. „Der neue Wirtschaftsminister hat ein ganzes Bündel von Vorschlägen, die er Onxytaur unterbreiten will.“

Grosvenor schwieg einige Minuten lang.

„Das Problem muß in unserem Sinn gelöst werden“, erklärte er dann. „Liegen Informationen über den neuen Wirtschaftsminister vor? Hat er Schwächen? Gibt es dunkle Punkte in seiner Vergangenheit, über die wir ihn stolpern lassen können?“

„Wir haben bereits alles überprüft“, antwortete Scherba. „Da ist nichts zu machen.“

„Läßt sich der Mann kaufen?“

„Auch das haben wir bereits versucht. Ergebnislos."

Grosvenor schwieg für einen kurzen Moment, dann befahl er: „Lösen Sie das Problem so, daß es keine Folgeprobleme gibt, Melvin. Nach den Informationen, die mir vorliegen, befindet sich das Verkehrssystem auf Flachat noch im Aufbau. Ein Verkehrsunfall bietet sich also an."

„Ich habe verstanden, Sir. Ich werde alles Notwendige veranlassen."

„Bereiten Sie Verhandlungen zwischen dem Oktaner und mir vor. Onxytaur kann es sich schwerlich leisten, mit leeren Händen nach Okta zurückzukehren. Je ungünstiger die Situation auf Flachat für ihn ist, desto eher wird er bereit sein, sich auf ein Spielchen einzulassen."

„Um was werden Sie spielen, Sir?"

„Mit einem Oktaner seines Ranges kann man nur um eines spielen: um eine Jagdlizenz. Ich will die Rechte, für sämtliche Hotels Felle zu beziehen – und das in Mengen, die ich festlege."

Gordon Grosvenor schaltete ab.

Melvin Scherba erhob sich.

Er war fest davon überzeugt, daß Grosvenor sein Ziel erreichen würde. Früher oder später würde er mit Onxytaur am Spieltisch sitzen. Gelang es ihm nicht, den Oktaner allein durch sein spielerisches Genie zu überwinden, dann würde er dafür sorgen, daß das Spiel manipuliert wurde.

„Wir landen dort auf dem Plateau", befahl Scherba einige Tage später, als sich ein Kugelraumer aus der Handelsflotte Gordon Grosvenors in die Atmosphäre von Okta senkte.

Er befand sich in der Hauptleitzentrale dieses Raumschiffs, das einen Durchmesser von hundert Metern hatte.

Auf dem Hauptbildschirm der Zentrale zeichnete sich das Bild einer Schlucht ab, die einige hundert Kilometer lang war.

„In dieser Schlucht finden wir die meisten Affen", erklärte der Vertraute des Hotelkönigs.

Der Kommandant des Raumers lenkte das Schiff zu einer Hochebene, welche die Schlucht im Nordosten begrenzte. Das Plateau war baum- und strauchlos, so daß sich niemand dem Schiff ungesehen nähern konnte.

Blinkzeichen auf dem Kontrollpult vor dem Funker leuchteten auf.

„Die Oktaner melden sich", sagte er. „Wünschen Sie mit ihnen zu sprechen, Sir?"

„Noch nicht", erwiderte Melvin Scherba. „Das heben wir uns für später auf."

Das Raumschiff landete. Staub schoß unter dem Druck der aufgewirbelten Luftmassen zu den Seiten weg.

Scherba schaltete den Interkom ein.

„Wir sind gelandet, meine Herren", verkündete er. „Beginnen Sie mit Ihrer Arbeit. Alle erlegten Affen werden sofort ins Schiff gebracht."

„Verstanden. Wir starten", antwortete der Führer der Jagdstaffel.

Scherba blickte zum Hauptbildschirm hoch. Er sah, daß sich fünf Shifts vom Raumschiff entfernten. Er erhob sich.

„Bis später", sagte er zum Kommandanten und verließ die Hauptleitzentrale.

Wenig später erreichte er eine Schleuse, in der ein sechster Shift auf ihn wartete. Ein blonder Mann stand in der Mannschleuse.

„Wir sind soweit, Cal", sagte Scherba.

Er stieg zusammen mit dem Blonden in die Zentrale des Shifts. Cal Stol setzte sich ans Steuer. Er lenkte den

Shift aus der Schleuse. Die anderen Flugpanzer hatten einen Vorsprung von mehr als tausend Metern. Sie glitten bereits in die Schlucht.

Cal Stol beschleunigte mit Höchstwerten. Der Abstand zu den anderen Maschinen schmolz zusammen.

„Ich bin gespannt, wann die ersten Oktaner hier auftauchen“, sagte Scherba.

„Sie werden versuchen, uns die Hölle heiß zu machen.“

„Vermutlich. Aber das ändert nichts an den Tatsachen. Onxytaur hat im Spiel gegen Grosvenor alles verloren. Grosvenor besitzt die Jagdrechte für Okta. Er kann so viele Grantinzy-Affen schießen und abtransportieren, wie er will, und wenn er sie dabei ausrottet. Er hat die Rechte.“

Cal Stol schüttelte den Kopf.

„Ich verstehe Onxytaur nicht“, sagte er. „Wie war es nur möglich, daß er sich auf ein derartiges Spiel eingelassen hat?“

„Grosvenor hat ihn in die Enge getrieben. Okta braucht den Export, hat aber nur eine veraltete Positronik anzubieten, die niemand haben will. Daher sind alle Verhandlungen mit der Erde und mit Flachat gescheitert, wobei wir nicht ganz unschuldig sind. Und dann hat sich Grosvenor direkt eingeschaltet. Onxytaur wußte nicht mehr weiter. Daher kam ihm das Angebot Grosvenors gerade recht.“

„Was hat der Chef ihm angeboten?“ fragte der Blonde. Der Shift hatte die Schlucht erreicht. Die anderen Flugpanzer waren nur noch etwa hundert Meter von ihnen entfernt.

„Er hat zunächst nur der Unterhaltung wegen mit dem Oktaner gespielt. Dabei hat er ihn gewinnen lassen. Später hat er ihm das Gefühl vermittelt, ein so großartiger Spieler zu sein, daß er gegen Grosvenor jedes Spiel macht. Zu diesem Zeitpunkt hat Grosvenor ihm angeboten, ihm Jahr für Jahr die gesamte Produktion positronischer Güter abzukaufen."

„Das wäre für Okta ein Milliardengeschäft geworden, wenn Onxytaur gewonnen hätte."

„Eben. Deshalb hat er sich auch darauf eingelassen. Natürlich hat Grosvenor dieses Spiel gewonnen, und jetzt können wir uns hier holen, was immer wir wollen, ohne den Oktanern eine Gegenleistung dafür erbringen zu müssen."

„Das werden sie sich nicht gefallen lassen."

Melvin Scherba lachte.

„Natürlich nicht. Aber das ist nicht unser Problem. Wir sahnen heute ab. Sehen Sie, Cal." Der Vertraute Grosvenors zeigte nach vorn. „Sie setzen die Paralysestrahler ein. Die Affen können nicht mehr fliehen. Wir brauchen sie nur noch einzusammeln."

Die Shifts schwärmten aus und bildeten eine Linie quer über die Schlucht. Cal reihte sich in diese Front ein. Mit mäßiger Geschwindigkeit flogen die Panzer durch die Schlucht. Im Grün unter ihnen sah Melvin Scherba zahllose Grantinzy-Affen, die vor ihnen flüchteten.

Er löste die Paralysestrahler der Maschine aus, und die Halbintelligenzen brachen zusammen.

„Onxytaur wird Mühe haben, den Oktanern zu erklären, was er getan hat", stellte Scherba belustigt fest. „Es wird nicht leicht, vielleicht sogar unmöglich für ihn sein angesichts der Bedeutung, die diese Affen für die Oktaner haben."

Melvin Scherba empfand nicht das geringste Mitleid mit den Oktanern oder den halbintelligenten Affen. Er bewunderte Grosvenor, der es geschafft hatte, den Hüter des Schwertes zu einem Spiel um alles oder nichts zu verleiten, obwohl die Oktaner im Grunde genommen keine Spieler waren.

Für Scherba war Gordon Grosvenor eines der größten Genies, die die Menschheit der Erde je hervorgebracht hatte.

„Wie werden die Affen getötet?“ fragte Cal Stol.

„Ein Schlag ins Genick genügt“, antwortete Scherba. „Gehäutet werden sie oben auf der Ebene. Hoffentlich sind wir damit fertig, bevor die Oktaner kommen.“

Er deutete auf einen See, an dem sich weit über hundert Grantinzy-Affen tummelten. Sie errichteten aus Holz und Moos eine Art Hütte. Cal Stol schwenkte die Projektoren der Lähmstrahler herum und schoß.

„Es sieht verblüffend aus, wenn sie alle zugleich umfallen“, sagte er.

Melvin Scherba beugte sich vor. Er schaltete ein Funkgerät ein.

„Wir kehren um“, erklärte er. „Das reicht für unseren Frachtraum. Fliegen Sie weiter, bis auch sie genügend Affen haben.“

Cal Stol landete neben dem See. Die beiden Männer stiegen aus. Die halbintelligenten Wesen lagen mit weit geöffneten Augen auf dem Boden. Während der Blonde das Schott zum Frachtraum des Shifts öffnete, begann Scherba mit der Bergungsarbeit. Er ergriff einen der Affen und schlug ihm die Handkante ins Genick. Dann warf er ihn in den Frachtraum und hob den nächsten auf. Stol half ihm. Sie arbeiteten schnell und präzise. Nur Minuten vergingen, bis sie alle Affen geborgen hatten. Cal Stol stieg ein und flog etwa zweihundert Meter weiter zur nächsten Herde. Melvin Scherba ging die Strecke zu Fuß. Dabei sammelte er einige Affen auf, die unter Büschen verborgen lagen.

Er hatte keine Gewissensbisse, da er überzeugt davon war, daß sich der Bestand der Affen rasch wieder erholen würde. Der Beutezug des heutigen Tages reichte aus für etwa fünfzig Neueröffnungen. Das war etwa das Programm, das sich Grosvenor für die nächsten Monate vorgenommen hatte.

Als der Frachtraum voll war, flog Cal Stol allein zum Raumschiff zurück. Er landete auf dem Plateau und überließ es einigen Robotern, den Frachtraum zu entleeren. Roboter enthäuteten die Affen. Sie warfen die Felle in ein Antigravfeld, in dem sie nach oben getragen wurden.

Die Roboter arbeiteten mit atemberaubender Geschwindigkeit. Cal Stol, der so etwas noch nicht gesehen hatte, sah ihnen kopfschüttelnd zu. Nach nur wenigen Minuten Aufenthalt beim Raumschiff konnte er schon wieder starten und zur Schlucht zurückkehren. Von dort kamen die anderen Shifts, um ihre Beute zum Abhäuten abzuliefern.

Als Cal Stol in der Schlucht landete, hatte Melvin Scherba bereits mehrere hundert Grantinzy-Affen zusammengetragen.

„Warum haben wir das nicht schon früher so gemacht?" fragte der Blonde. „Diese Art Jagd ist doch kinderleicht. Wieso wurden die Affen sonst immer geschossen oder mit Bolzen erlegt?"

Scherba verzog den Mund.

„Es gibt so etwas wie eine Jägerehre", antwortete er. „Schon davon gehört?"

„Nein, noch nie."

„Sie verlangt, daß dem gejagten Wild eine gewisse Chance eingeräumt wird", erklärte Scherba. „So etwas kommt für uns nicht in Frage. Wir sind nicht hier, um einem Jagdtrieb zu frönen, sondern eine Arbeit zu erledigen, die einfach getan werden muß. Wir halten uns nicht mit Kleinigkeiten auf."

Einer der anderen Shifts landete in der Nähe. Der Pilot stieg aus und kam zu Scherba.

„Wir haben die ganze Schlucht abgesucht", berichtete er. „Es gibt keine Affenherden mehr. Falls welche von den Affen überlebt haben sollten, sind es Einzeltiere, die irgendwo unter den Felsen oder den Büschen versteckt liegen."

„Es sind keine Tiere", wandte Cal Stol ein. „Es heißt, daß es Halbintelligenzen sind."

„Von mir aus. Jedenfalls gibt es so gut wie keine mehr in der Schlucht." Der Pilot wandte sich um, kehrte zu seinem Shift zurück und startete.

„Na schön", sagte Melvin Scherba zufrieden. „Vielleicht gelingt es uns, von hier zu verschwinden, bevor die Oktaner überhaupt merken, was los ist."

Er hatte kaum zu Ende gesprochen, als ein fernes Donnern erklang. Die beiden Männer richteten sich auf. Sie vernahmen ein schrilles Pfeifen, das rasch näher kam.

„Sie schießen Raketen auf uns ab", rief Scherba.

Er packte mehrere Affen, obwohl er sie noch nicht getötet hatte, und schleuderte sie in die Frachtkammer des Shifts. Dann trieb er Cal Stol in den Flugpanzer. Der Pilot schloß die Schotte, startete und schaltete die Schutzschirmprojektoren ein.

„So halten die also ihre Verträge", rief Stol. „Das hätten wir von Anfang an wissen müssen."

Melvin Scherba grinste.

„Was spielt das jetzt noch für eine Rolle?" fragte er. „Wir haben, was wir wollten."

Der Shift erreichte die Hochebene. Mehrere Raketen schlugen vor ihnen ein und rissen tiefe Krater in das Gestein. Eine von ihnen explodierte im Schutzschirm des Kugelraumers, ohne Schaden anzurichten.

Scherba gab seinem Begleiter das Zeichen, weiterzufliegen. Der Blonde gehorchte. Als er sich dem Raumschiff genügend genähert hatte, öffnete sich eine Strukturlücke vor ihm im Energieschirm und ließ den Flugpanzer durch.

„Landen", befahl Scherba. „Die Roboter sollen die letzten Affen enthäuten."

Er stieg wenig später aus und ließ sich von einem Antigravfeld nach oben tragen.

Als er die Hauptleitzentrale betrat, stellte er fest, daß die Oktaner den Beschuß eingestellt hatten.

„Sie sind zur Vernunft gekommen“, sagte der Kommandant. „Sie haben eingesehen, daß sie gegen uns doch nichts ausrichten.“

Der Funker machte darauf aufmerksam, daß die Oktaner sich um Funkkontakt bemühten.

„Schalten Sie ein“, befahl Scherba.

Die Bildschirme erhellten sich. Der bizarr geformte Kopf eines Oktaners erschien im Projektionsfeld.

„Wir sind angegriffen worden“, erklärte Melvin Scherba. „Man hat widerrechtlich mit Raketen auf uns geschossen. Dadurch wird unsere Jagd empfindlich gestört. Würden Sie uns freundlicherweise erklären, was das alles zu bedeuten hat?“

„Ich komme zu Ihnen“, erwiderte der Oktaner. „Ich lehne es ab, auf diesem Weg mit Ihnen zu verhandeln. Nur das direkte Gespräch zählt.“

Scherba lächelte entgegenkommend.

„Das ist mir recht“, sagte er. „Wissen Sie, auch ich bin für direkte Kontakte, weil auf diese Weise viel weniger Mißverständnisse entstehen. Sie sind mir willkommen.“

„Ich bin in einigen Minuten bei Ihnen.“

„Verzeihen Sie mir noch eine Frage“, sagte der Terraner. „Wer sind Sie?“

„Ich bin der Hüter des Schwertes Arantrat, Herr der Wüsten Sezpha“, antwortete der Oktaner. Danach schaltete er ab.

Melvin Scherba pfiff durch die Zähne.

„Immerhin“, sagte er. „Nach Onxytaur der mächtigste Mann auf Okta. Wir werden ihn so empfangen, wie es ein Mann seines Ranges erwarten kann.“

Er kehrte zum Kommandanten zurück.

„Treffen Sie die entsprechenden Vorbereitungen", befahl er. „Und präparieren Sie das Schiff so, daß Arantrat an einen Volltreffer glauben muß."

3.

„Er kommt", meldete der Kommandant.

Melvin Scherba verließ seine Kabine, in der er die letzten Stunden verbracht hatte. Arantrat hatte sein Wort nicht gehalten. Er war nicht innerhalb weniger Minuten auf die Ebene gekommen, sondern er traf erst nach Ablauf von fast drei Stunden ein.

Scherba wußte, daß das nicht an fehlenden Transportmaschinen lag. Der Hüter des Schwertes hätte ohne weiteres einen Gleiter nehmen können. Doch das tat Arantrat nicht. Er ließ sich Zeit und kam so, wie es der Tradition seines Stammes entsprach.

Als Scherba die Hauptleitzentrale betrat, sah er den Hüter des Schwertes auf dem Hauptbildschirm. Arantrat näherte sich dem Raumschiff mit einem vierrädrigen Automobil, das sich mühsam in dem unwegsamen Gelände voranbewegte. Etwa einhundert Oktaner begleiteten ihn auf hochbeinigen Dadaren.

„Ein Zug wie aus dem Mittelalter", sagte der Kommandant. „Wenn man das sieht, glaubt man nicht, daß es auf diesem Planeten eine gut entwickelte Industrie und eine moderne Positronik gibt."

„Die der Zeit um mehr als fünfzig Jahre hinterherhinkt", ergänzte Scherba.

„Mag sein. Sie paßt jedoch nicht zu diesem Bild." Der Kommandant blickte Scherba an. Er deutete auf den Hauptcomputer. „Ich habe mich inzwischen über Arantrat erkundigt. Er ist Top-Manager eines Konzerns in einer Stadt im Norden, der hauptsächlich Lenksysteme für Antigravgleiter herstellt. Außerdem ist er in der Politik tätig. Er vertritt die Aschan-Parteien der Radikaltraditionalisten."

Der Kommandant blickte den Vertrauten Grosvenors besorgt an.

„Außerdem gilt der Hüter des Schwertes als Meister seines Faches. Er gehört zu jenen Männern, die das Schwert so schnell ziehen können, daß sie einen Gegner köpfen können, bevor dieser merkt, was geschieht. Er greift mit der rechten Hand zur linken Hüfte und reißt das Schwert heraus. Während er den Arm streckt, schleudert er die Klinge bogenförmig herum. Eine Abwehrmöglichkeit besteht nicht."

Melvin Scherba nickte. Er legte die Hand an den Kragen und zog ihn etwas herunter.

„Ich habe mich vorbereitet", erwiderte er.

„Wieso?" fragte der Kommandant.

„Die Tarnung ist perfekt", sagte Scherba lächelnd. „Ich habe mir eine Manschette aus hochverdichtetem Stahlkunststoff anlegen lassen. Wenn Sie sie nicht erkennen, wird Arantrat sie erst recht nicht sehen."

Er klopfte sich mit den Knöcheln gegen den Hals.

„Er wird sich sein Schwert daran zerschlagen, falls er es einsetzt. Mir wird nichts geschehen."

Melvin Scherba verließ die Hauptleitzentrale. Einige Männer aus seiner Leibwache schlossen sich ihm an. In einem Antigravfeld sanken sie auf den staubigen Boden der Ebene hinab.

Scherba entfernte sich etwa hundert Meter von dem Raumschiff. Dann drehte er sich um und blickte zurück. Etwa fünfzig Meter über ihm klaffte ein großes Loch in der Schiffshülle. Es sah aus, als ob an dieser Stelle ein Explosionsgeschoß eingedrungen sei. Dabei schien das Geschoß einige Stahlplatten der Hülle herausgerissen und davongeschleudert zu haben. Darunter war eine Schrift sichtbar geworden: „. . .lares Imperi . . ."

Mehrere Roboter waren dabei, die Schrift zu verdekken. Sie gingen programmgemäß so langsam vor, daß Arantrat die Schrift mittlerweile gesehen haben mußte. Der Hüter des Schwertes hatte sein Fahrzeug auf einer kleinen Anhöhe angehalten. Jetzt saß er auf einem Teppich, den seine Begleiter auf dem Boden ausgebreitet hatten. Vor ihm brannte ein Feuer in einem Stahlkessel.

Melvin Scherba und seine Begleiter gingen zu dem Oktaner. Der Vertraute Grosvenors setzte sich ihm gegenüber. Er wußte, daß er den Hüter des Schwertes bei derartigen Gesprächen nur durch die Flammen ansehen durfte.

„Sie haben die bestehenden Gesetze gebrochen", eröffnete Arantrat das Gespräch.

Melvin Scherba versuchte herauszufinden, wo die Augen des Oktaners waren und wohin sie blickten. Es gelang ihm nicht.

Er griff in die Innentasche seiner Jacke und holte eine Folie daraus hervor. Er hob sie hoch und breitete sie vor Arantrat aus.

„Das ist ein Vertrag", erklärte er. „Er ist von Onxytaur unterzeichnet. Darin verleiht Onxytaur uns das unumschränkte Jagdrecht auf Grantinzy-Affen. Wir können so viele Exemplare schießen, wie wir benötigen. Nicht mehr und nicht weniger haben wir heute getan. Ihr aber habt uns dafür mit Raketenwaffen angegriffen."

Scherba zeigte über die Schulter hinweg auf das Raumschiff.

„Und ihr habt getroffen."

Arantrat hob den rechten Arm und zeigte auf das Raumschiff.

„Das ist ein Raumer des Solaren Imperiums", erklärte er.

Melvin Scherba schüttelte den Kopf.

„Nein, nein", erwiderte er. „Das ist ein Irrtum. Dieses Schiff gehört Gordon Grosvenor, dem Hotelkönig. Weshalb sollte Rhodan an Fellen von Affen interessiert sein? Was hätte das Solare Imperium davon, wenn der Hüter des Schwertes Onxytaur einen derartigen Vertrag unterzeichnet?"

Arantrat schwieg. Seine linke Hand stützte sich auf den rechten Oberschenkel, die rechte glitt zur linken Hüfte. Scherba konnte nicht sehen, daß sie den Griff des Schwertes umspannte, aber er vermutete es.

Durch die Flammen beobachtete er den Hüter des Schwertes. Er ahnte, was in seinem Kopf vorging.

„Onxytaur ist als Gesandter von Okta zur Erde geflogen, um dort mit Rhodan zu verhandeln. Heute ist er zurückgekehrt und hat erklärt, daß die Gespräche mit Rhodan ohne jeden Erfolg geblieben sind. Das Solare Imperium ist entschlossen, Okta in eine wirtschaftliche Krise zu stürzen, um sich diese Welt später um so leichter einverleiben zu können. Berichte Rhodan, daß er sich vergebliche Hoffnungen macht. Wir Oktaner werden sich seiner Gewalt nicht beugen. Wir werden nicht dem Solaren Imperium beitreten. Wir werden unsere Freiheit bewahren, auch wenn wir dafür mit Armut bezahlen müssen."

Arantrat senkte den Kopf.

„Ihr habt Hunderte von Affen getötet", fuhr er mit leiser Stimme fort. „Ihr habt das schwerste Verbrechen begangen, das je auf Okta bekannt geworden ist. Ihr habt es im Namen des Solaren Imperiums begangen."

Melvin Scherba sah, daß Arantrat sich bewegte. Und dann schlug auch schon das Schwert krachend gegen seinen Hals. Er spürte, daß die Stahlplastikhülle an seinem Hals platzte, der plötzlich brannte, als habe Arantrat ihn mit einem glühenden Stab berührt.

Jetzt erst sah der Terraner, daß der Hüter sich halb

aufgerichtet hatte und das Schwert in der ausgestreckten Hand hielt. Die Klinge hatte die Manschette aufgebrochen und sich darin verklemmt.

Arantrat schrie gellend auf.

Mit einem Ruck riß er das Schwert zurück. Scherba verlor den Halt. Er schlug mit dem Kopf gegen den Stahlkessel und stieß ihn um. Dann stürzten sich seine Wächter auf ihn, packten ihn und zerrten ihn vom Feuer weg. Sie bedrohten die Oktaner mit ihren Energiestrahlern.

Der Hüter des Schwertes wich vor ihnen zurück. Er hielt das Schwert mit beiden Händen. Die Terraner glaubten zu erkennen, daß er es fassungslos anblickte.

„Ins Schiff“, befahl Scherba keuchend. „Schnell.“

Das Schwert hatte ihn verletzt. Er blutete heftig. Seine Begleiter hoben ihn hoch und eilten im Laufschritt auf das Raumschiff zu. Von dorther raste ein Antigravgleiter heran. Er nahm die Männer auf und brachte sie zum Raumer.

Der Hüter des Schwertes schob seine Waffe in die Scheide zurück. Er stieg in seinen vierrädrigen Karren, startete den Motor und wendete. Dann fuhr er gemächlich davon. Er schien nicht zu befürchten, daß die Terraner mit Bordkanonen auf ihn schossen.

Eine Stunde später begann der zentrale Hyperkomsender von Okta zu senden. Er verbreitete die Nachricht über die Galaxis, daß Perry Rhodan im Namen des Solaren Imperiums versucht hatte, ein kleines, unbedeutendes Volk in den Abgrund zu stürzen, um es dann um so leichter einem neuen Imperium einverleiben zu können.

Die Oktaner schilderten die Betrugsmanöver, deren Opfer Onxytaur geworden war, gaben die Schuld jedoch nicht ihm oder Gordon Grosvenor, sondern Perry Rhodan und dem Solaren Imperium. Sie eröffneten den Völkern der Galaxis, mit welcher Brutalität sich die Terraner über oktanisches Recht hinweggesetzt hatten. Sie erklärten, diese Flucht in die galaktische Öffentlichkeit sei die einzige Möglichkeit, die sie noch hatten, sich vor dem terranischen Zugriff zu retten.

Die Nachrichten von Okta lösten in der Galaxis Empörung und Unruhe aus. Kaum verheilte Wunden brachen wieder auf. Damit geschah gerade das, was Rhodan unter allen Umständen hatte verhindern wollen.

Einige Tage später summte der Türmelder an der Kabinentür Tekeners. Der Narbengesichtige öffnete. Vor der Tür stand ein schlankes Mädchen.

„Ein Gespräch von der Erde für Sie", berichtete sie. „Würden Sie bitte die Hyperkomzentrale aufsuchen?"

„Danke", erwiderte er. „Ich bin schon unterwegs."

Er verließ die Kabine, in der er die letzten Tage zugebracht hatte. Ronald Tekener befand sich auf der Reise nach Flachat im Torre-System, jener Welt, die auch der Oktaner Onxytaur aufgesucht hatte. Er flog in einem Handels- und Passagierraumer und war in der Passagierliste als Pumpeningenieur ausgewiesen. Dem Kommandanten gegenüber hatte er durchblicken lassen, daß er den Auftrag hatte, für die auf Flachat entwickelten Raumschiffstriebwerke Treibstoffpumpen zu konstruieren.

Er betrat die Hyperkomzentrale, die sich in fünf Einzelkabinen aufteilte. Ein grünes Licht zeigte ihm an, welche Kabine er aufsuchen sollte. Er schloß die Tür hinter sich, setzte sich und drückte eine Taste unter dem Bildschirm. Als sich dieser erhellte, schob er eine Code-Folie in einen Schlitz unter dem Bildschirm. Damit ermöglichte er die Entschlüsselung der erwarteten Hyperkomsendung.

Das Bild Atlans erschien auf dem Bildschirm.

„Die Ereignisse der letzten Tage machen einen Einsatz auf Okta notwenig", erklärte der Arkonide nach kurzer Begrüßung. „Sie haben überall in der Galaxis Unruhe ausgelöst. Nahezu ununterbrochen treffen Gesandte aus allen Bereichen der Milchstraße auf der Erde ein, um gegen das Verhalten Terras zu protestieren, und kaum jemand glaubt uns, daß wir mit den Vorfällen auf Okta nichts zu tun haben. Für uns besteht kein Zweifel, daß Gordon Grosvenor der Drahtzieher der ganzen Geschichte war. Unklar ist noch, aus welchem Motiv er gehandelt hat. Auf keinen Fall kann es ihm nur um die Affenfelle gehen. Er hat uns ein Hypergramm geschickt, in dem er erklärt, daß er ab sofort nur noch Imitationen ausstellen wird. Natürlich glauben wir ihm kein Wort."

„Beweise fehlen", sagte Tekener, „sonst wären Sie längst gegen Grosvenor vorgegangen."

„Allerdings", bestätigte Atlan. „Wir vermuten, daß Grosvenor den Wirbel nur veranstaltet hat, um Rhodan zu noch größerer politischer und militärischer Vorsicht zu zwingen. Es gibt Anzeichen dafür, daß Grosvenor ein eigenes Imperium errichten will. Damit könnte er sich unserer Gerichtsbarkeit endgültig entziehen. Gegen den Privatmann Grosvenor können wir vorgehen, falls er gesetzwidrig handelt, gegen den Imperator Grosvenor nicht, weil ein Angriff auf ihn die anderen Völker der Galaxis dazu provozieren könnte, gegen uns gerichtete politisch-militärische Gemeinschaften zu bilden."

„Grosvenor spielt hoch", bemerkte Tekener.

„Er ist ein Spieler", stellte Atlan fest. „Eine solche Strategie, wie er sie verfolgt, entspricht der Mentalität eines Spielers. Es ist klar, daß wir verhindern müssen, daß er dieses Spiel gewinnt. Es darf kein Grosvenor-Imperium als politisches Gebilde entstehen. Wir müssen ihn vorher stoppen."

„Was habe ich zu tun?" fragte Tekener.

„Sie müssen klären, was auf Okta wirklich geschehen

ist. Sie müssen Beweise sammeln, die es uns ermöglichen, gegen Grosvenor vorzugehen. Deshalb werden Sie nach Okta fliegen."

Ronald Tekener blickte den Arkoniden überrascht an.

„Ich habe gehört, daß die Oktaner alle Fremden von ihrem Planeten verweisen. In den Nachrichten hieß es, daß der letzte Terraner Okta bereits vor zwanzig Stunden verlassen hat. Zur Zeit gilt Okta als für alle Fremden gesperrte Welt."

„Ich weiß", erwiderte der Unsterbliche gelassen. „Dennoch werden Sie dorthin fliegen. Ohne Risiko geht es nun mal nicht. Hören Sie sich erst einmal an, welchen Vorschlag ich Ihnen zu machen habe. Danach haben Sie selbstverständlich das Recht, den Auftrag abzulehnen, wenn er Ihnen als zu gefährlich erscheint."

„Ich höre", sagte Tekener.

Der Arkonide entwickelte den Plan und sprach ihn in allen Einzelheiten mit dem von Lashat-Narben gezeichneten USO-Spezialisten durch.

„Ich bin einverstanden", erklärte Tekener schließlich. „Ich hoffe, daß es so geht."

„Ich habe erfahren, daß Sie Waffenliebhaber sind", sagte Atlan.

„Das ist richtig", bestätigte Tekener.

„Nun, vielleicht gelingt es Ihnen, ein Sertagi-Schwert von Okta mitzubringen", sagte der Arkonide lächelnd. „Es wäre das Kostbarste, was ein Nicht-Oktaner von dort mitnehmen kann."

Tekener lächelte ebenfalls. Er schüttelte den Kopf.

„Das halte ich für völlig aussichtslos", entgegnete er. „Noch niemals in der Geschichte der Sertagi-Hüter hat ein Schwert diese Welt verlassen. Vergessen Sie nicht: Diese Schwerter gelten als die Wohnstätten der Götter!"

„Ihr Gesicht ist Ausweis genug", sagte der Mann, der Tekener außerhalb der Hauptstadt des Planeten Flachat empfing. Er war weißhaarig und hatte dichtes, stark gekräuseltes Haar. „Sie sind Ronald Tekener. Die Lashat-Narben lassen keinen Zweifel daran."

„Trevor Gould", entgegnete Tekener.

Sein Gegenüber nickte und zeigte ihm eine Plakette, die ihn als USO-Spezialisten auswies.

„Es ist alles vorbereitet", erklärte Gould. „Sie können in einer Stunde starten, wenn Sie wollen."

Die beiden Männer standen vor einem Kuppelbau, der sich in einem kaum erschlossenen Gebirgstal erhob. Obwohl er eine Höhe von mehr als dreihundert Metern erreichte, wirkte er gegen die steil aufsteigenden Berge zu beiden Seiten klein.

„Kommen Sie", sagte Gould und führte Tekener in den Kuppelbau. Sie durchquerten eine Empfangshalle und mehrere Verwaltungsbüros, bis sie in eine Halle kamen, in der ein kugelförmiges Raumschiff stand. Es hatte einen Durchmesser von sechzig Metern und sah aus, als ob es in einen Meteoritenschauer geraten sei.

„Das ist ein Wrack", stellte Tekener fest. „War es notwendig, derartig zu übertreiben?"

„Sie müssen immerhin damit rechnen, daß Sie einem anderen Schiff begegnen oder gar aufgebracht werden. Dann müssen Sie schon ein Wrack vorweisen können, das Ihren Aussagen annähernd entspricht", erwiderte Gould. „Tatsächlich dürfte dieser Kasten nicht in der Lage sein, mehr als die bevorstehende Reise zu überstehen. Aber das ist auch gar nicht notwendig. Sie werden ihn mit einem Drei-Mann-Zerstörer verlassen, sobald Sie das Möura-System erreicht haben. Wir gehen davon aus, daß Arantrat die Landegenehmigung erteilen wird. Danach sind Sie auf sich allein angewiesen."

„Arantrat hat sich also durchgesetzt", bemerkte Tekener.

„Er gilt als der zur Zeit mächtigste Hüter“, bestätigte Gould. „Er hat sich allerdings gegen mehrere Parteien zu behaupten, die noch radikaler sind als er, und die Aschan-Partei. Die radikalsten Oktaner vereinigen sich zur Zeit in der Klerta-Partei. Ihre Hochburg liegt auf der nördlichen Halbkugel des Planeten Okta in einer der größten Städte des Planeten. Ihr Wahrzeichen ist das Sertagi-Schwert.“

„Das ist es bei den anderen Parteien auch“, entgegnete der Narbengesichtige.

„Schon“, bestätigte Gould. „Sie unterstreichen die Bedeutung, die sie dem Schwert und den Traditionen beimessen, dadurch, daß sie Nachahmungen der Schwerter auf Türmen über ihren Häusern aufstellen. Und da werden Sie ansetzen.“

Die beiden Männer betraten das Raumschiff. Gould erläuterte Tekener die technischen Einrichtungen, die so verändert worden waren, daß Tekener es allein fliegen konnte.

Dabei sah das Raumschiff auch innerlich so aus, als habe es irgendwo auf einer Dschungelwelt einige Jahre ungeschützt in der Wildnis gelegen.

Der Drei-Mann-Zerstörer sah kaum besser aus. Alle Waffen waren entfernt worden.

„Maschinen dieser Art werden gern von wohlhabenden Privatleuten gekauft, sobald sie militärisch ausrangiert worden sind“, erläuterte Gould. „Sie sind vor allem für private Kurierdienste, für Kleintransporte von wertmäßig hochstehenden Gütern und für planetarische Personenbeförderungen interessant. Es fällt also nicht auf, wenn Sie das Wrack in einer derartigen Maschine verlassen.“

Tekener setzte sich in die Flugkanzel des Zerstörers und prüfte die Maschine durch. Alle technischen Einrichtungen waren in Ordnung.

„Es ist klar, daß die Oktaner versuchen werden, den

Zerstörer auseinanderzunehmen", sagte Gould. „Das ist genau das, was wir beabsichtigen. Sie werden als Positronikexperte auftreten. Die Oktaner werden überrascht feststellen, daß sie mit ihrer Technik doch nicht so weit hinter dem Mond zurück sind, wie sie glauben. Das wird Ihnen hoffentlich die Möglichkeit zu einigen intensiven Gesprächen geben und Sie aus der nachteiligen Stellung des Bittenden heben."

Die beiden USO-Spezialisten wechselten in die Hauptleitzentrale des Raumschiffs über und trafen die letzten Vorbereitungen für den Start nach Okta.

4.

Das Raumschiff fiel auf Lichtgeschwindigkeit zurück, als es die äußeren Bereiche des Möura-Systems erreichte. Ronald Tekener drückte die Taste des Hyperkoms. Einige Sekunden verstrichen, dann erhellte sich der Bildschirm. Das Symbol von Okta erschien in der Projektionsfläche. Es war ein neues Symbol, das im intergalaktischen Identifikationscode noch nicht enthalten war. Es zeigte einen blaubepelzten Affen, der über einem gekrümmten Schwert schwebte.

Das Bild wechselte nach einigen Sekunden, und der bizarr geformte Kopf eines Oktaners erschien.

„Helfen Sie mir", sagte Tekener hastig. „Mein Raumer bricht auseinander."

„Identifizieren Sie sich", forderte der Oktaner.

„Dafür ist keine Zeit", erwiderte der Terraner. „Hören Sie doch."

Er steuerte die Mikrophone weiter aus. Tatsächlich knackte und knisterte es im Raumschiff, als löse es sich bereits auf.

„Identifizieren Sie sich", wiederholte der Oktaner.

„BASIC 47 36 29 von Flachat im Torre-System nach

Uhrtuk vom Stelza-System unterwegs. Linearflug mußte abgebrochen werden, weil der Raumer den Belastungen nicht mehr gewachsen war. Mir bleiben nur noch Minuten. Ich muß auf ein Beiboot, einen ausrangierten Drei-Mann-Zerstörer, umsteigen, wenn ich meine Haut noch retten will. Bitte, geben Sie mir Landeerlaubnis auf Okta."

„Abgelehnt", erklärte der Oktaner. „Fremde werden zur Zeit nicht bei uns geduldet. Versuchen Sie nicht, dennoch bei uns zu landen. Wir würden Sie vorher abschießen."

Der Bildschirm erlosch. Ronald Tekener schüttelte seufzend den Kopf. Im ersten Anlauf war er gescheitert. Das bedeutete jedoch nicht, daß er bereits aufgab.

Er erhob sich und schaltete die Zeitkontrolle auf vier Minuten. Dann verließ er die Hauptleitzentrale und rannte zum Haupthangar, in dem der Drei-Mann-Zerstörer stand. Die Maschine war startbereit. Eine erneute Überprüfung war nicht notwendig. Tekener stieg in die Kanzel und schloß sie. Dann öffnete er die Hangarschleuse und ließ die Luft aus dem Hangar entweichen. Auf unsichtbaren Antigravfeldern schwebte die Maschine durch die Schleuse.

Die BASIC befand sich zwischen ihr und Okta.

Tekener blickte auf das Chronometer. Die letzten Sekunden bis zur Zerstörung des Schiffes liefen rasend schnell ab.

Zehn Sekunden vor der geplanten Katastrophe schaltete er den Hyperkom ein.

„Okta, melden Sie sich", schrie er. „Melden Sie sich."

Die verbleibende Zeit schien sich in nichts aufzulösen. Dann aber erhellte sich der Bildschirm. Das bizarre Gesicht des Oktaners zeichnete sich darauf ab.

„Hören Sie", rief Tekener. „Ich habe das Schiff verlassen. Es bricht ..."

Er schrie auf und schloß seinen Raumhelm. Durch

die Panzerplasthaube des Zerstörers sah er, wie die BASIC sich auflöste. Sie zerbrach in zahllose Fragmente unterschiedlicher Größe.

„Sie löst sich auf", fuhr Tekener fort. „Die BASIC bricht auseinander. Helfen Sie mir."

„Wo sind Sie?"

„Ich bin in dem Drei-Mann-Zerstörer. Jetzt entferne ich mich von den Trümmern."

„Ein Drei-Mann-Zerstörer erreicht die Lichtgeschwindigkeit. Sie können also in fünf bis sechs Jahren im benachbarten Östross-System sein."

Tekener lachte zornig auf.

„Machen Sie sich nicht über mich lustig", sagte er. „Mann, ich habe Verpflegung für sieben Tage an Bord. Dann ist es aus mit mir. Außerdem ist dies kein Hochleistungszerstörer der Solaren Flotte, sondern ein ausrangiertes Wrack, das gerade dazu ausreicht, auf einem Planeten zu landen."

„Dieser Planet wird nicht Okta sein."

„Einen anderen erreiche ich nicht mehr."

Tekener drückte eine Taste. Der Zerstörer war etwa zehn Kilometer von dem Wrack der BASIC entfernt. Funkimpulse eilten zu den Resten des Raumschiffs und lösten eine Reihe von Explosionen aus.

„Mit dem Zerstörer ist es nicht mehr weit her. Ich werde versuchen, auf Okta zu landen."

„Das käme einem Selbstmord gleich."

„Wenig erfreulich, was Sie mir da zu sagen haben", entgegnete der Terraner. „Wenn ich nicht auf Okta zu landen versuche, ist es ebenfalls aus mit mir. Oder haben Sie sonst noch was anzubieten?"

Tekener nahm eine leichte Kurskorrektur vor. Das Raumschiff raste auf Okta, einen türkisfarbenen Planeten, zu. Der Terraner bereitete sich auf eine Landung auf der nördlichen Halbkugel vor. Deutlich konnte er die Kontinente erkennen.

„Warten Sie", sagte der Oktaner. „Sie hören von mir."

„Das ist wenigstens etwas", erwiderte der USO-Spezialist. „Aber lassen Sie mich nicht zu lange warten, sonst bricht der Zerstörer auch noch auseinander."

Der Oktaner wollte ausschalten, doch dann zögerte er und hob eine Hand.

„Ich muß den Vorfall melden", erklärte er. „Dazu muß ich noch etwas wissen. Wer sind Sie, und was wollen Sie auf Okta?"

„Mein Name ist Ronald Tekener", antwortete der Terraner. Er lächelte. „Und auf Okta will ich überhaupt nichts. Ich hatte vor, weit am Möura-System vorbeizufliegen. Ich hatte eine ziemlich wertvolle Fracht für Uhrtuk an Bord. Die ist jetzt zum Teufel."

„Was für eine Fracht?"

Tekener seufzte.

„Melden Sie lieber, daß ich in Not bin", sagte er. „Und fragen Sie mir später Löcher in den Bauch, dann bin ich weniger nervös als jetzt, wo es für mich um Kopf und Kragen geht."

„Was für eine Fracht?" wiederholte der Oktaner.

„Positronische Geräte", antwortete der Terraner und gab sich ungehalten. „Allerlei modernes Zeug. Was man neuerdings in der vollpositronischen Steuerung von Industrieanlagen einsetzt."

„Für welches Unternehmen führen Sie den Transport durch?"

„Für mein eigenes", erklärte Tekener. „Noch was?"

„Nein – das genügt vorläufig."

Der Oktaner schaltete ab, und Tekener legte sich zufrieden lächelnd zurück. Er glaubte, überzeugend gewirkt zu haben.

Er wartete noch einige Sekunden ab, dann verzögerte er und brachte den Drei-Mann-Zerstörer auf Landekurs, der ihn nach etwa einer Minute in die obersten Schichten der oktanischen Lufthülle brachte.

Der Bildschirm erhellte sich.

„Wir erteilen Landeerlaubnis", sagte der Oktaner. „Gehen Sie auf den angegebenen Kurs und stellen Sie Computerdialog mit dem Autopiloten her."

„Ich wollte, es wäre so einfach", erwiderte Tekener. „Leider ist an Bord so ziemlich alles zerstört, was man zu einer sauberen Landung benötigt."

„Sagten Sie nicht, daß Sie so etwas wie ein Positronikexperte sind?"

„Schon richtig", antwortete der Terraner. „Damit aber konnte ich die Schäden nicht verhindern. Ich hatte einen totalen Ausfall der Schutzschirmsysteme. Danach folgte ein Zusammenprall mit interstellarer Materie. Sie hat die BASIC in ein Sieb verwandelt. Die Trümmerstücke folgen mir. Sie werden fraglos in die Atmosphäre von Okta stürzen, aber keine Sorge. Die Trümmerstücke sind so klein, daß sie beim Absturz verbrennen werden. Eine Gefahr für die Bevölkerung besteht nicht."

Ronald Tekener merkte, daß es ihm gelungen war, den Oktaner ausreichend abzulenken.

„Versuchen Sie, auf der nördlichen Halbkugel zu landen", befahl der Extraterrestrier. „Bleiben Sie in der Maschine, wenn Sie gelandet sind. Wir holen Sie heraus."

„Einverstanden", erwiderte Tekener. „Vorausgesetzt, es besteht keine Explosionsgefahr."

Er drückte die Nase des Drei-Mann-Zerstörers weiter nach unten. Das Raumschiff raste in die dichteren Luftschichten des Planeten. Es schüttelte und stieß, so daß Tekener in den Polstern hin und her geworfen wurde. Er verzögerte, als er sah, daß die Spitze des Zerstörers und die vorderen Kanten der Tragflächen zu glühen begannen.

Die Maschine fiel steil ab. Auf den Ortungsschirmen

machte der USO-Spezialist eine ausgedehnte Stadt aus. Zahlreiche herausragende Wärmequellen zeigten an, daß es hier Industrieanlagen gab.

„Es wird kritisch“, sagte Tekener.

„Sie müssen stärker verzögern“, rief ihm der Oktaner zu. „Sie fliegen viel zu schnell.“

„Schön wär’s, wenn ich könnte“, antwortete der Narbengesichtige. Seine Lippen verzogen sich zu einem Lächeln. Es war ein eigenartiges Lächeln. Es drückte keine Freude aus. Eine schwer bestimmbare Drohung ging von ihm aus. „Die Antigravs bocken. Ich habe die Maschine kaum noch in der Gewalt.“

Tekener sprengte einen Teil der Tragflächen weg. Auf den Ortungsschirmen der Oktaner mußte es so aussehen, als breche der Zerstörer auseinander.

„Steigen Sie aus“, rief ihm der Oktaner zu.

Tekener schüttelte den Kopf.

„Das kommt nicht in Frage“, erwiderte er. „Dann stürzt die Maschine mitten in die Stadt da vorn. Ich schaffe es schon. Verlassen Sie sich darauf.“

Der Oktaner setzte zu einer Entgegnung an, schwieg dann jedoch.

Tekener wartete einige Sekunden. Dann trennten ihn nur noch etwa fünf Kilometer von den ersten Häusern der Stadt. Er blieb auf dem einmal angelegten Kurs, der ihn mitten in die Stadt zwischen hoch aufragende Gebäude bringen mußte. Einige der Bauten erreichten eine Höhe von mehr als zweihundert Metern. Die Architektur war fremdartig und aufwendig.

Kein einziges Haus war in rationeller Kasten- oder Halbkugelform gebaut worden. Die Häuser sahen vielmehr ebenso bizarr aus wie die Oktaner. Einige glichen riesigen Talgkerzen, deren Dächer unter dem Einfluß großer Hitze zu unförmigen Klumpen geschmolzen waren. Das glutflüssige Material schien an ihnen herabgeflossen und auf halbem Wege zu fester Materie erstarrt zu sein. Doch dieser Eindruck täuschte. Tekener wußte, daß dieses Aussehen bewußt herbeigeführt worden war, um der Stadt ein möglichst vielseitiges Bild zu verleihen.

Andere Häuser hatten scheinbar ins Leere führende Auswüchse, die wie die Fühler von terranischen Schnecken oder die ins Gigantische vergrößerten Sinnesorgane von Insekten aussahen. Wiederum andere Bauten schienen gewachsene Kristalle oder blumenartige Korallen zu sein.

Tekener schaltete den gut funktionierenden Antigrav ein und fing die Maschine ab.

Die Geschwindigkeit des Zerstörers verringerte sich bis auf die einfache Schallgeschwindigkeit. Er jagte heulend zwischen die Hochhäuser der Stadt, von deren Dächern sich die gekrümmten Schwerter als Symbole der radikalen Klerta-Partei erhoben.

„Sie müssen langsamer werden“, schrie der Oktaner ihm zu. „Sie sind noch immer viel zu schnell.“

„Keine Angst“, antwortete Tekener. „Ich schaffe es schon.“

Vor ihm tauchte ein Haus auf, das wie eine blumenartige Koralle aussah. Von seinem Dach ragte ein etwa fünf Meter hohes Schwert empor.

Tekener ließ die Maschine leicht zur Seite kippen und noch etwas absinken.

„Verdammt!“ rief er keuchend.

Dann war es auch schon soweit. Die linke Tragfläche prallte gegen das Schwert und rasierte es ab.

Der Oktaner schrie entsetzt auf.

„Was tun Sie denn?“ fragte er. „Haben Sie den Verstand verloren?“

Tekener verzögerte mit aller Kraft.

„Glauben Sie, das tue ich absichtlich?“ entgegnete er und fuhr sich mit dem Handrücken über die Stirn. „Mann, ich wäre froh, wenn ich ...“

Er peilte ein zweites Klerta-Symbol auf einem etwa fünfzig Meter hohen Haus an. Die Maschine sackte durch. Dieses Mal nahm Tekener die rechte Tragfläche. Unter der Wucht des Aufpralls platzte sie weg, als bestünde sie aus Papier. Aber auch das Schwert zerbrach in zahllose Einzelteile.

Tekener zog die Maschine etwas in die Höhe, verzögerte noch weiter, ließ sie wiederum absacken und setzte auf einem flachen, etwa hundert Meter langen Haus zur Landung an. Er prallte mit einigen Schornsteinen, Antennen, Trockengerüsten und einem weiteren Schwert zusammen. Die Maschine rutschte dröhnend und kreischend über das Dach des Gebäudes, das am Rand eines Marktplatzes stand. Hier hielten sich Tausende von Oktanern inmitten einer fast unübersehbaren Menge von Nahrungsmitteln aller Art auf.

Tekener ließ den Zerstörer auf dem Dach tanzen. Er warf ihn mal zur einen, mal zur anderen Seite, ließ ihn kippen, so daß auch die linke Tragfläche sich in Trümmern auflöste, verzögerte mit Hilfe des Antigravs und stoppte die Maschine, als sie das Ende des Daches erreichte. Er ließ sie mit der Nase über die Dachkante hinausrutschen, so daß für die Oktaner auf dem Markt der Eindruck entstand, sie werden vornüberkippen. Dann beendete er das Spektakel und aktivierte eine Sonderschaltung, mit deren Hilfe einige Teile des Antigravs zerstört wurden.

Für die oktanischen Experten, die die Maschine untersuchen würden, mußte es so aussehen, als sei das Antigravtriebwerk von Anfang an so schwer beschädigt gewesen, daß Tekener eine Kontrolle unmöglich gewesen war.

Unter den Besuchern des Marktes brach eine Panik aus. Die Oktaner flüchteten schreiend vor der Maschine, merkten jedoch recht bald, daß keine Gefahr für sie mehr bestand, da der Zerstörer nicht vom Dach kippte.

Jetzt schlug die Stimmung um.

Die Oktaner, die eben noch in panikartiger Furcht geflohen waren, stürmten auf die Maschine zu. Ronald Tekener blieb in der Kanzel. Er ließ die Transparentkuppel geschlossen.

„Ich bin unten“, sagte er ruhig zu dem Oktaner am Bildschirm. „Es sieht jedoch nicht so aus, als wäre ich hier willkommen.“

„Warten Sie auf uns“, erwiderte der Oktaner. „Wir tun, was wir können.“

Damit schaltete er ab.

Einige Steine prallten dröhnend gegen die Panzerplasthaube der Flugkanzel. Die Oktaner drängten sich zwischen den Obst- und Gemüseständen unter Tekener zusammen. Drohend erhoben sie ihre Fäuste. Einige in grüne und gelbe Gewänder gekleidete Männer erschienen wenig später auf dem Dach. Die Männer unterschieden sich deutlich von den Frauen durch die graubraune Färbung ihrer Haut. Die Frauen sahen rötlich aus.

Die Männer schwangen Stahlstangen und Gartengeräte in den Händen. Sie stürmten auf den Drei-Mann-Zerstörer zu.

Tekener blickte ihnen gelassen entgegen. Er wußte, daß ihm nichts passieren konnte, solange er in der Maschine saß. Deshalb legte er sich in den Polstern zurück und sah ruhig zu, wie die Oktaner versuchten, die Panzerplasthaube zu zertrümmern. Er hatte sie so verriegelt, daß es ihnen nicht gelang, sie von außen zu öffnen.

Kurz darauf tauchte ein hochgewachsener Oktaner zwischen den anderen auf. Er hielt eine etwa einen Meter lange Schußwaffe in den Händen. Am Ende eines in Holz gebetteten Stahlrohrs befand sich eine kugelförmige Munitionskammer. Tekener sah auf den ersten Blick, daß die Waffe Projektile abfeuerte.

Er veränderte seine Haltung nicht.

Der Oktaner schoß. Die Kugel prallte von der Panzerplasthaube ab und flog als Querschläger weiter. Sie verletzte einen der Männer am Arm. Jetzt drängten die Männer den Schützen zurück, da sie erkannten, daß sie den Terraner auch mit einer Schußwaffe nicht gefährden konnten. Sie berieten miteinander und eilten dann zum Heck des Zerstörers.

Tekener richtete sich etwas auf. Er sah, daß die Oktaner einige Holzbalken heranschleppten, und er erfaßte ihren Plan. Sie wollten einen Hebel am Heck ansetzen und die Maschine vom Dach stürzen.

Jetzt wurde es gefährlich für ihn. Er durfte den Antigrav nicht einsetzen, mit dem er sich hätte retten können. Das wäre allzu verräterisch gewesen. Die nach vorn gerichteten Triebwerke stand ihm nicht mehr zur Verfügung. Sie waren mit den Tragflächen abgebrochen.

Tekener schloß seinen Kampfanzug und bereitete sich darauf vor, sich aus der Kanzel zu katapultieren.

Die Oktaner setzten die Hebel an. Die Maschine schwang auf und ab. Sie rutschte einige Zentimeter weit nach vorn.

Der Terraner legte seine Hand auf den Schaltknopf seines Katapultsitzes.

In diesem Moment stürmten etwa zwanzig Männer auf das Dach. Sie trugen lindgrüne Uniformen und waren mit schweren Energiestrahlern bewaffnet. Mehrere Kampfgleiter näherten sich und landeten auf dem Dach. Auch aus ihnen kamen Uniformierte hervor. Sie drängten die Zivilisten zur Seite.

Einer der Soldaten kam zu Tekener. Er bedeutete ihm mit der Waffe, daß er aussteigen sollte.

Der Terraner nickte. Er klappte den Helm seines Kampfanzugs wieder zurück und öffnete die Flugkanzel. Erst jetzt hörte er das wütende Geschrei der Menge, die sich mittlerweile auf dem Marktplatz und auf den benachbarten Dächern versammelt hatte.

„Sie können von Glück reden, daß Sie noch leben“, sagte der Uniformierte. „Wenn wir Sie den Fanatikern überlassen würden, was wir eigentlich tun sollten, dann wäre es aus mit Ihnen. Man würde Sie in Stücke reißen.“ Tekener nickte erneut.

Er war sich dessen bewußt, daß er ein hohes Risiko eingegangen war. Aber er war mit der Entwicklung zufrieden. Der Plan war aufgegangen. Die Regierung von Okta hatte wie erhofft reagiert. Sie nahm ihn in Schutzhaft. Das war es, was Tekener hatte erreichen wollen. Er war jetzt nicht irgendwo auf dem Planeten inmitten von Oktanern, wo man ihn als Fremden auf den ersten Blick erkennen und verfolgen würde. Er brauchte sich nicht erst mühsam zu jenen vorzutasten, die für ihn wichtig waren. Die Verhaftung führte ihn zwangsläufig in ihre Nähe. Er konnte die Fäden ziehen und bei den Verhören, die kommen würden, die Entwicklung in die von ihm gewünschten Bahnen lenken.

Die uniformierten Oktaner flogen mit Tekener an den Rand der Stadt. Sie landeten in einem parkähnlichen Gelände, das von einigen halbkreisförmigen Häusern eingeschlossen war, und sie führten ihn in einen Keller. Über eine Reihe von Gängen, deren Wände mit fremdartigen Reliefs versehen waren, brachten sie ihn in einen Computerraum.

„Setzen Sie sich in einen der Sessel“, forderte einer der Oktaner ihn auf. „Wir lassen Sie jetzt allein.“

„Was haben Sie vor?“ fragte Tekener.

„Das werden Sie erfahren“, erwiderte der Offizier.

Die Oktaner verließen den Raum. Die Tür schloß sich hinter ihnen. Ronald Tekener war mit dem Computer allein. Ein Bildschirm erhellte sich vor ihm, nahm jedoch lediglich eine leuchtend grüne Farbe an.

„Sagen Sie mir, wie Sie heißen", sagte eine fremdartig klingende Stimme, die aus einem Lautsprecher an der Decke kam.

Tekener gehorchte.

„Und nun geben Sie mir einige weitere Informationen über sich", bat die Stimme. „Ich möchte wissen, wann Sie geboren sind und wo. Welche Ausbildung haben Sie genossen? Was haben Sie in Ihrem bisherigen Leben getan? Wie sind Sie zu Ihrem Raumschiff gekommen? Oder war es gar nicht Ihr Schiff? Wem gehörte es dann, und wie kam dieser andere dazu, Ihnen den Raumer anzuvertrauen? Wem gehörte die Fracht? Woraus bestand sie?"

Als Tekener nicht antwortete, fuhr der Computer fort: „Sind Sie nicht in der Lage, die Fragen der Reihe nach zu beantworten? Habe ich zu viele Fragen auf einmal gestellt?"

„Durchaus nicht", erwiderte der Terraner. „Ich habe nur noch einmal alle Fragen für mich wiederholt, um keine zu vergessen."

Dann begann er damit, die Fragen der Reihe nach zu beantworten, ohne allerdings die Wahrheit zu sagen. Er blieb bei einem eintrainierten Programm, das hieb- und stichfest war. Er hatte es in Zusammenarbeit mit den hochentwickelten Computern der USO eingeübt und war auf alle Fangfragen und Tricks vorbereitet. Der Computer stellte weitere Fragen, und Tekener ließ sich absichtlich in einige scheinbare Widersprüche verwickeln, um sie wenig später mit ergänzenden Angaben um so eleganter wieder zu lösen.

Er streute jedoch auch einige Bemerkungen ein, die der Computer als unwahre Aussagen erkannte.

„Dabei geht es um emotionelle Dinge", erläuterte der Terraner. „Es fällt mir schwer, darüber zu reden. Und ich denke, es tut auch nichts zur Sache."

„Sie meinen, es geht uns Oktaner nichts an, mit welchem weiblichen Wesen Sie freundschaftliche Verbindungen pflegen oder nicht?"

„Ganz genauso ist es", erklärte Tekener.

„Nun gut. Wir wollen das akzeptieren", entgegnete der Computer. „Kommen wir zum eigentlichen Thema. Was verstehen Sie unter Dialogbetrieb?"

Tekener lehnte sich in seinem Sessel zurück und schlug die Beine übereinander.

„Aha, ich verstehe", sagte er. „Das ist das Thema. Sie wollen wissen, was ich von Computern und von Positronik verstehe. Nun gut. Fangen wir beim Dialogbetrieb an. Wir verstehen darunter eine Betriebsart, die den direkten Informationsfluß zwischen Mensch und Computer über ein Dialoggerät ermöglicht."

„Ich sehe, Sie haben mich verstanden. Erklären Sie mir, wie ein Dialoggerät funktioniert. Mich interessiert in erster Linie, welche positronischen Mikroprozessoren dabei eingesetzt werden."

Tekener richtete sich auf.

„Ich denke, ich habe klargemacht, daß ich zwar eine ganze Menge von diesen Dingen verstehe. Dennoch bin ich kein Experte."

„Ich warte."

Tekener ließ sich wieder in die Polster sinken.

„Nun gut." Er erläuterte, wie ein Dialoggerät funktionierte und welche positronischen Mikroprozessoren dabei eingesetzt wurden. Die besondere Schwierigkeit für ihn war, daß er sein aktuelles Wissen nicht preisgeben durfte, sondern Informationen geben mußte, die sich auf Geräte bezogen, die den oktanischen Geräten überlegen waren. Dabei durfte die Überlegenheit nicht allzu deutlich sein, sondern lediglich dem nächsten technischen Entwicklungsschritt entsprechen, der den oktanischen Wissenschaftlern bevorstand.

Jetzt erforderte das Verhör noch mehr Konzentration als zuvor. Tekener mußte sich jedes Wort überlegen. Ein einziger Fehler konnte ihn bereits als Experten der untersten Basis erscheinen lassen.

Er antwortete etwa drei Stunden lang, ohne einen Fehler zu machen oder sich zu widersprechen.

„Das war die letzte Frage, die ich von Ihnen akzeptiert habe“, eröffnete er dem Computer. „Von jetzt an werde ich nur noch mit den Oktanern selbst sprechen, nicht aber mit einem Computer.“

„Sie haben keine Bedingungen zu stellen“, erwiderte der Computer. „Muß ich Sie darauf hinweisen, daß Sie mit Ihrer Bruchlandung eine weltweite Empörung ausgelöst haben? Sie haben schwere Zerstörungen angerichtet und die Symbole der Klerta zerschlagen. Damit haben Sie die Regierung in äußerste Schwierigkeiten gestürzt. Zur Zeit finden überall auf dieser Welt Massendemonstrationen statt. Das Volk verlangt, daß Sie einem Hüter des Schwertes vor dem Feuer begegnen.“

„Was bedeutet das?“

„Das Volk will, daß Sie durch das Sertagi-Schwert gerichtet werden. Sie sind der einzige Nicht-Oktaner auf diesem Planeten. Auf Sie vereinigt sich der ganze Haß.“

„Um so wichtiger ist es, daß ich endlich mit einem Oktaner sprechen kann. Sie sollten mittlerweile erkannt haben, daß ich die Wahrheit gesagt habe. Von oktanischer Positronik habe ich noch nichts gehört. Das kann für mich nur bedeuten, daß es damit nicht weit her ist. Und das wiederum heißt für mich, daß ich Ihnen einige interessante Angebote machen kann. Sie wissen das längst. Also sorgen Sie endlich dafür, daß ich mit jemandem reden kann.“

„Ich werde sehen, was sich machen läßt.“

Tekener lachte leise.

„Wie freundlich von Ihnen, Computer“, sagte er ironisch.

5.

Die Tür des Raumes öffnete sich, und drei uniformierte Oktaner traten ein. Sie trugen dunkelbraune Kombinationen, die weit und locker anlagen. An ihren Hüften hingen moderne Kombistrahler.

„Kommen Sie“, sagte einer von ihnen. Er zeichnete sich durch ein Schwert-Symbol auf seiner Brust aus.

„Wohin?“ fragte Tekener, während er den Oktanern folgte.

„Warten Sie es ab.“

Tekener erkannte, daß er keine Antwort erhalten würde, und verzichtete auf weitere Fragen. Die Oktaner führten ihn zum Dach des Gebäudes. Dort stand ein großer Militärgleiter. Sie setzten ihn hinein und starteten. Die Maschine flog nach Westen in die untergehende Sonne.

Nach etwa einer Stunde Flug, als die Sonne untergegangen war, erreichte der Gleiter die Küste eines Meeres. Tekener sah einige palastartige Gebäude, die sich auf den Klippen über dem Wasser erhoben. Die Maschine landete auf einem versteckt angelegten Platz zwischen hohen Bäumen.

Ein betäubender Duft schlug Tekener entgegen, als er mit den Oktanern durch einen Hain zum Palast ging. In den Bäumen und Büschen verborgene Lampen leuchteten auf und erhellten den Weg, der zu einer Treppe aus einem grünlich schimmernden Stein führte.

Die Treppe schwang sich in weitem Bogen hoch zu den drei Hauptgebäuden des Palasts, der aus einem rötlichen Material errichtet war. Die drei Zentralbauten glichen den bogenförmig aufsteigenden Klingen von Schwertern, deren Spitzen sich in den Himmel richteten. Zahlreiche Brücken verbanden die schlanken Türme miteinander.

Der Terraner betrat das mittlere Gebäude durch ein gewaltiges Tor, das aus Holz und korallenartigen Steinen bestand. Durch einen gewölbten Gang führten ihn die Oktaner bis in eine Halle, deren Wände aus edlen Metallen bestanden. Zahllose winzige Scheinwerfer bestrahlten die Wände. Das Metall und eine unabsehbare Zahl von Edelsteinen funkelten und strahlten in ständig wechselndem Licht. Es war so hell, daß Tekener geblendet die Augen schloß.

In der Mitte der Halle hockte ein Oktaner auf dem Boden. Tekener sah sofort, daß er ein Sertagi-Schwert an der Seite trug. Vor ihm brannte in einem metallenen Kessel ein Feuer.

Unwillkürlich blieb Tekener stehen.

Er war sich darüber klar, daß er einen der zweiundvierzig Hüter vor sich hatte, und er fragte sich, ob dieser ihn hinrichten wollte. Alles deutete darauf hin. Der Hüter trug das Schwert, er kauerte tief in Gedanken versunken auf dem Boden, und vor ihm brannte das Feuer in einem Kessel.

Die Oktaner legten Tekener die Hand auf die Schulter und gaben ihm damit zu verstehen, daß er weitergehen sollte. Er gehorchte. Sie führten ihn bis zu dem Hüter und befahlen ihm, sich vor dem Kessel auf den Boden zu setzen.

Jetzt zweifelte Tekener nicht mehr daran, daß der Hüter ihn töten wollte.

Er überlegte, was er falsch gemacht hatte. Der Computer mußte einen Fehler entdeckt haben, der so schwerwiegend war, daß die Oktaner auf alle sich bietenden Vorteile verzichten wollten.

Fieberhaft überlegte der Terraner, was er tun konnte. Er hatte davon gehört, daß die Hüter das Schwert so schnell ziehen und einsetzen konnten, daß der Delinquent es nicht bemerkte. Und er glaubte, daß es so war. Deshalb war er sich darüber klar, daß er den Tötungsentschluß des Hüters aufheben mußte. Er konnte sich nur retten, wenn es ihm gelang, den Hüter davon zu überzeugen, daß sein Tod unabsehbare Schäden für Okta nach sich ziehen würde.

Er setzte sich und blickte den Hüter des Schwertes durch die Flammen an.

„Ich verstehe Ihren Zorn", sagte er.

Rasch hob der Hüter des Schwertes die Hand.

„Kein Wort", befahl er. „Sie sind nicht hier, weil wir miteinander reden wollen. Das haben Sie zur Genüge mit dem Computer getan."

Tekener erschrak.

„Wollen Sie mir nicht einmal die Chance geben, mich zu verteidigen?" fragte er.

Er sah, daß die rechte Hand des Oktaners zur linken Hüfte glitt, während die linke Hand sich auf den rechten Oberschenkel stützte. Der Hüter des Schwertes beugte sich leicht nach vorn.

In diesem Augenblick der höchsten Gefahr für den jungen USO-Spezialisten ertönte ein Gongschlag.

Der Hüter des Schwertes fuhr zurück, und Tekener sah, daß er das Schwert bereits bis zur Hälfte aus der Scheide gezogen hatte. Ihm lief es kalt über den Rükken, als er begriff, daß ihn nur Bruchteile von Sekunden vor dem Tod getrennt hatten.

Der Hüter blickte zur Seite.

Tekener hörte eilige Schritte. Dann trat der größte Oktaner, den er je gesehen hatte, in die Halle. Der Mann war etwa zweieinhalb Meter groß und außerordentlich breitschultrig. Er trug weiße Gewänder, die durch einen blauen Stoffgurt an den Hüften zusammengehalten wurden.

„Das Feuer ist erloschen", meldete er.

Der Hüter des Schwertes erhob sich und ging langsam auf den Riesen zu. Dabei zog er das Sertagi-Schwert aus der Scheide. Tekener dachte, daß die beiden Männer miteinander kämpfen wollten, doch er irrte sich. Als der Hüter des Schwertes noch etwa drei Schritte von dem anderen entfernt war, kniete er nieder und legte das Schwert quer vor sich auf den Boden. Der andere kniete ebenfalls nieder und nahm es auf. Dann erhob er sich, drehte sich um und verließ die Halle.

Der Hüter des Schwertes kehrte zu Tekener zurück, der neben dem Feuer stand.

„Sie haben Glück gehabt", eröffnete er dem Terraner. „Die Götter haben entschieden. Sie werden noch einige Zeit leben, bis ein anderes Schwert für Sie bereit ist."

Tekener begriff.

Der Hüter des Schwertes hatte das Schwert abgegeben. Das konnte er nur getan haben, weil der Gott, der nach seinem Glauben in dem Schwert wohnte, die Waffe verlassen hatte. Nur diese Bedeutung konnten die Worte des riesenhaften Oktaners gehabt haben.

„Führt ihn ab", rief der Hüter des Schwertes.

„Wollen Sie mir nicht wenigstens sagen, warum Sie mich töten wollten?" fragte der Terraner, doch sein Gegenüber wandte sich ab und ging schweigend davon. Trotz aller Fremdartigkeit glaubte Tekener erkennen zu können, daß er tief betroffen darüber war, daß er das Schwert hatte abgeben müssen.

Die Soldaten, die ihn hereingeführt hatten, brachten ihn über Flure und Treppen in ein in den Fels geschlagenes Gewölbe und fesselten ihn mit Eisenketten an die Wand. Auch hier zeigte sich wieder eine kaum faßbare Mischung aus modernster Technik und altertümlichen Bräuchen. Das Gewölbe wurde mit einem Stahlschott verschlossen, das mit einem positronischen Schloß versehen war, an den Wänden aber blakten Fackeln.

Tekener ließ sich auf den Boden sinken.

Erst jetzt, da er Zeit und Ruhe hatte, über das Geschehene nachzudenken, erfaßte ihn tödlicher Schrekken. Immer wieder versuchte er, im Geist die Situation zu rekonstruieren, in der der Hüter des Schwertes zu seiner Hinrichtung angesetzt hatte. Vergeblich bemühte er sich, sich an irgendein Anzeichen dafür zu erinnern, daß der Hüter das Schwert gezogen hatte. Er hatte nichts bemerkt, und das war es, was ihn am meisten entsetzte.

Jeder Gefahr kann man begegnen, sofern man sie bemerkt. Einer Gefahr, die man nicht bemerkt, kann man nicht mehr ausweichen.

Er mußte an Bilder denken, die er von einer Schlange gesehen hatte, die ein Kaninchen angreift. Auch hier erfolgten der Angriff und der tödliche Biß so schnell, daß dem Kaninchen die Gefahr nicht bewußt wurde.

Als USO-Spezialist wußte er, wieviel Übung hinter einer solchen Aktion steckte. Die Hüter des Schwertes waren Meister in der Anwendung ihrer Waffe, die sie jedoch nur so wirkungsvoll einsetzen konnten, weil sie gekrümmt war. Ein Schwert mit gerader Klinge verlangte eine ganz andere Technik.

Tekener erfaßte, daß es nur eine Möglichkeit gab, einem Hüter zu begegnen. Man mußte den Hals mit einem undurchdringlichen Panzer schützen. Doch das konnte er nicht, da ihm das nötige Material fehlte.

Er legte eine Meditationsübung ein, um sich zur Ruhe zu zwingen. Danach konnte er klarer und nüchterner denken.

Er wurde sich dessen bewußt, daß er sich geirrt hatte. Er durfte einem Hüter keine Gewalt entgegensetzen, ganz gleich, wie diese geartet war. Nur geistige Waffen konnten ihn retten.

Die Stunden verstrichen, ohne daß etwas geschah. Die Oktaner schienen Tekener vergessen zu haben.

Der Terraner überlegte immer wieder, wie er mit Hilfe seiner positronischen Kenntnisse weiterkommen könnte. Er kam zu dem Schluß, daß er den Oktanern mehr offenbaren mußte, als er bisher getan hatte. Dabei ging es weniger um positronische Technik und hyperpositronische Physik, als vielmehr darum, mit welcher Fertigungstechnik die mikroskopisch kleinen Bauteile der modernen terranischen Positronik hergestellt werden konnten.

Das war das Kernproblem.

Die Oktaner hatten galaxisweite Verbindungen. Sie wußten, daß die Technik des Solaren Imperiums gerade auf dem Gebiet der Positronik führend war. Sie konnten sich positronische Geräte auf dem freien Markt kaufen, aber damit waren ihre Informationsmöglichkeiten auch schon erschöpft, da sie derartige Geräte nicht nachbauen konnten. Die Fertigungstechnik blieb geheim.

Tekener kannte das Problem sehr wohl. Er wußte, daß viele Völker in der Galaxis fieberhaft daran arbeiteten, Fertigungstechniken zu erstellen, mit denen diese Positroniken nachgebaut werden konnten. Das erforderte einen jahrelangen Forschungseinsatz – und brachte am Ende doch nur eine überholte Technik hervor, da sich die terranische Technik mittlerweile weiterentwickelt hatte.

Wollten die Oktaner ihn dazu verleiten, Fertigungsgeheimnisse zu verraten?

Hatten sie überhaupt die Absicht gehabt, ihn hinzurichten, oder hatten sie geblufft, um ihn bis in die Grundfesten seiner Persönlichkeit zu erschüttern?

Tekener fluchte.

Er konnte und durfte es nicht auf einen Versuch ankommen lassen. Es durfte zu keiner zweiten Begegnung mit einem Hüter kommen.

Schritte näherten sich dem Gewölbe. Die Tür öffnete sich. Der riesenhafte Oktaner trat ein. Er eilte zu Tekener und trennte die eisernen Fesseln mit einem Desintegratormesser durch.

„Schnell", flüsterte er. „Wir haben nicht viel Zeit."

„Wo bringen Sie mich hin?" fragte der Terraner.

„Aufs Meer", antwortete der Oktaner. „Weg von diesen Fanatikern."

Er kehrte zur Tür zurück. Hier blieb er stehen und drehte sich zu dem USO-Spezialisten um, der nicht von der Stelle gewichen war.

„Seien Sie kein Narr, Tekener", sagte er. „Ich versuche, Ihnen zu helfen. Dies ist Ihre letzte Chance. Man hat bereits einen anderen Hüter bestellt, der Sie töten soll."

„Warum will man mich töten?"

„Diese Fanatiker glauben, daß sie sich von den anderen Völkern der Galaxis abkapseln können. Sie wollen in der Isolation leben. Sie sagen, das haben die Oktaner seit Jahrtausenden getan, und sie können es ganz gut für weitere Jahrtausende tun, ohne daran zugrunde zu gehen. Sie sind der einzige Nicht-Oktaner auf dieser Welt. Es liegt auf der Hand, daß man Sie umbringen will."

„Oder ist dies ein weiterer Bluff?"

Der Oktaner kehrte zu Tekener zurück.

„Ach", sagte er, „Sie glauben, ich hätte die Hinrichtung unterbrochen, um Sie unter Druck zu setzen? Da irren Sie gewaltig. Ich bin ein Meister des Schwertes und daher stets verpflichtet, die Wahrheit zu sagen. Schon eine Notlüge oder eine kleine Schwindelei, wie Sie es nennen würden, ist mir verboten und wäre unvereinbar mit der Ehre meines Berufsstands. Wenn ich aber fälschlicherweise behaupten wollte, ein Gott sei von uns gegangen, dann wäre das ein Frevel, der nur mit dem Tode zu sühnen wäre."

„Warum wollen Sie mir helfen?“ fragte Tekener.

„Weil Oktaner nach dem Prinzip der unbedingten Vertragstreue leben“, erwiderte der Meister. „Ich erkläre es Ihnen später. Wenn Sie noch länger warten, kann ich nichts mehr für Sie tun.“

„Ich komme“, sagte Tekener.

Zusammen mit dem riesenhaften Oktaner eilte er aus dem Gewölbe und floh über die Treppen nach oben. Der Meister kannte sich in dem Palast gut aus. Tekener beobachtete ihn genau, und er stellte fest, daß der Oktaner zu jeder Zeit wußte, wohin sie sich wenden mußten.

Auf dem Weg nach oben begegneten sie keinem anderen Oktaner. Erst als sie ins Freie kamen, sah Tekener einige andere Männer. Sie standen an einem etwa zwanzig Meter langen Kajütboot, das am Ufer vertäut war.

Der Meister drängte ihn dorthin, und Tekener ging an Bord. Unmittelbar darauf lösten die Oktaner die Taue. Lautlos trieb das Boot an der Felsküste entlang, wobei es sich mehr und mehr vom Ufer entfernte. Aber erst als es etwa einen Kilometer zurückgelegt hatte, sprangen die Motoren an. Das Boot beschleunigte spürbar, hob sich aus dem Wasser und glitt auf Stelzen über die Wellen.

Ronald Tekener befand sich im Bug in einer gläsernen Kabine. Er sah, wie das Meer leuchtete. Große Fische schnellten sich aus den Fluten und flüchteten vor dem Boot.

Die Oktaner hielten sich im Heck des Schiffes auf. Tekener erwartete, daß sie zu ihm kommen würden, doch niemand kümmerte sich um ihn. Schließlich legte er sich auf eine Bank und schlief ein. Er fühlte sich sicher.

Die Töne einer fremdartigen Melodie weckten ihn. Der neue Tag brach an. Die Sonne stand blaßrot über dem Horizont. Das Boot wiegte sich auf einer langen Dünung. Tekener richtete sich auf.

Er sah, daß die Oktaner mittschiffs an der Reling standen. Der Meister des Schwertes überragte die anderen Männer deutlich. Er streckte beide Arme der Sonne entgegen. Er sang.

Tekener versuchte, die Tür seines gläsernen Verlieses zu öffnen. Zu seiner Überraschung gelang es ihm. Sie schwang auf. Langsam näherte er sich den Oktanern.

Das Sertagi-Schwert lag auf einem grünen Kissen an der Reling. Es schimmerte und glänzte im Licht der Sonne.

Der Meister nahm es in beide Hände und hob es hoch über den Kopf. Einige Minuten verstrichen, in denen er etwas in einer Sprache vortrug, die Tekener unbekannt war. Da er seinen Translator nicht mehr hatte, verstand er nichts. Die Oktaner hatten ihm das Übersetzungsgerät abgenommen. Er vermutete, daß sie es wegen der positronischen Technik haben wollten.

Plötzlich schleuderte der riesige Oktaner das Schwert in die Luft. Es wirbelte hoch und schien in der Sonne zu verschwinden. Geblendet kniff Tekener die Augen zusammen. Er sah die Waffe nicht mehr. Ebenso erging es den Oktanern.

Dann tauchte das Schwert aus dem Licht der Sonne auf und stürzte ins Wasser. Es fiel mit der Spitze voran und verursachte kaum Spritzer.

Der Meister stieß einen schrillen Schrei aus. Langsam ließ er die Arme sinken und drehte sich um. Auch die anderen Männer erwachten aus ihrer Starre. Erregt sprachen sie miteinander. Einige entfernten sich von der Gruppe, und kurz darauf nahm das Boot wieder Fahrt auf.

Der Meister des Schwertes bemerkte, daß Tekener seine Kabine verlassen hatte. Er kam zu ihm.

„Sie waren Zeuge eines großen Ereignisses“, sagte er. „Das Schwert ist zu den Göttern zurückgekehrt. Nun wird es meine Aufgabe sein, ein neues herzustellen.“

„Sie betonen das so, als sei das eine außerordentlich schwierige Aufgabe.“

„Das ist es auch“, erklärte der Oktaner. „Ich arbeite an einem Schwert länger als ein halbes Jahr. Das mag überraschend für Sie sein, aber es ist die Wahrheit. Die Götter verlangen ein Werk absoluter Vollkommenheit. Das rechtfertigt den Aufwand.“

Er legte Tekener die Hand auf die Schulter und deutete auf die große Kajüte am Heck des Schiffes.

„Kommen Sie“, sagte er. „Sie werden hungrig sein.“

Er führte Tekener in die Kajüte, in der die anderen Männer den Tisch gedeckt hatten. Der Meister zeigte auf einige Früchte und auf helles Fleisch, das auf einem gesonderten Teller lag.

„Das ist für Sie“, sagte er. „Sie können unbesorgt essen. Auch brauchen Sie keine Bedenken bei den Getränken zu haben. Wir wissen, was ein terranischer Magen verträgt.“

Der USO-Spezialist bedankte sich und nahm Platz.

„Ich habe allerdings Hunger“, bemerkte er. „Seit ich auf Okta bin, habe ich noch nichts gegessen und getrunken.“

„Dann wird es höchste Zeit, daß Sie versorgt werden.“ Der Meister streckte ihm die Hand entgegen. „Nennen Sie mich Goras.“

Der Terraner ergriff die Hand. Die anderen Oktaner setzten sich an den Tisch, und ein unverbindliches Gespräch entwickelte sich, bei dem es um Verkehrsprobleme ging. Tekener wollte wissen, weshalb die Oktaner mit einem Tragflächenboot fuhren, wo es doch komfortabler und zeitsparender gewesen wäre, einen Antigravgleiter zu benutzen.

„Wir sind umweltbewußt“, erwiderte Goras. „Wir haben festgestellt, daß gewisse Krebsarten und Muscheln empfindlich auf die veränderten Schwerefelder reagieren, die Antigravgleiter begleiten. Viele gehen ein. Deshalb beschränken wir den Gleiterverkehr über den Meeren auf ein Mindestmaß.“

Tekener erwartete, daß die Oktaner früher oder später auf Positroniken zu sprechen kommen würden, doch das taten sie nicht. Es schien vielmehr, als wichen sie gerade diesem Thema aus.

Einige Stunden vergingen. Die Oktaner taten so, als sei nichts geschehen, was die Beziehungen zwischen Okta und Terra trüben könnte. Das Boot näherte sich einer Felsenküste.

Goras erhob sich und entschuldigte sich.

„Ich muß mit dem Kommandanten sprechen“, sagte er und verließ die Kajüte.

Tekener wandte sich den anderen Oktanern zu, von denen er mittlerweile wußte, daß sie die Helfer des Meisters waren. Ihre Aufgabe war es vor allem, die für das Schwert notwendigen Materialien zu beschaffen, was offenbar nicht leicht war.

Auf Okta gab es sieben Machtbereiche, die von jeweils einem Hüter des Schwertes beherrscht wurden, aber auch innerhalb dieser Bereiche gab es politische Spannungen, da die anderen fünfunddreißig Hüter ebenfalls zur Macht drängten. Der zur Zeit mächtigste Hüter war Arantrat, der Herr der Wüsten Sezpha. Sein Herrschaftsbereich umfaßte etwa ein Drittel des Planeten. Er befand sich in ständigen Machtkämpfen mit den anderen Hütern. Offene Kriege gab es jedoch nicht.

Goras hatte Tekener zu verstehen gegeben, daß er mit diesen Verhältnissen nicht einverstanden war, aber auch nicht bereit war, daran etwas zu ändern. Zunächst hatte der Terraner geglaubt, daß der Schwertschmied ihn in einen Machtkampf einspannen wollte, doch er mußte erkennen, daß dies nicht seine Absicht war. Goras wollte ihm lediglich erklären, wie die Verhältnisse auf Okta waren.

Doch bald erfuhr Tekener, daß man ihm nicht alles gesagt hatte.

Das Schiff glitt in einen Fjord und legte in einer felsigen Bucht an. Goras führte den Terraner von Bord in eine Wohnanlage, die in die Felsen getrieben war. Kostbare Schmiedearbeiten verzierten den Eingang.

Auch die Inneneinrichtung verriet, daß der Meister ein wohlhabender Mann war. Tekener interessierte sich besonders für die fremdartigen Waffen, mit denen die Wände geschmückt waren. Der Meister beobachtete ihn.

Dabei gab er seinen Dienern eine Reihe von Anweisungen, die der Terraner nicht verstand. Schließlich wandte er sich dem USO-Spezialisten wieder zu.

Er eröffnete das Gespräch mit einer Bemerkung, die Tekener nicht erwartet hatte.

„Wieviel Zeit hat Lordadmiral Atlan Ihnen gegeben?“

„Wie meinen Sie das?“ fragte der Terraner.

„Ich bin sicher, daß Sie ein USO-Spezialist sind.“

Tekener hatte sich in der Gewalt. Ihm war nicht anzusehen, wie überrascht er war. Er blickte zur Decke hoch, die makellos weiß war. Er erwartete, die Linsen von Kameras zu sehen, entdeckte jedoch keine.

„Warum sagen Sie das?“ fragte er.

„Weil ich möchte, daß zwischen uns alles klar ist, und damit Sie verstehen, weshalb ich Sie befreit habe.“

„Das zu verstehen, fällt mir allerdings nicht leicht.“

„Wenn ich Sie nicht aus dem Gewölbe geholt hätte, wären Sie jetzt schon tot“, eröffnete ihm der Oktaner. „Zwei andere Hüter waren unterwegs zu Ihnen, um das

Urteil zu vollstrecken. Doch daran war mir nicht gelegen."

„Warum nicht?"

„Weil die oktanischen Völker vor einer Katastrophe stehen", erwiderte Goras. „Onxytaur, als mächtigster Hüter der Vorgänger von Arantrat, hat Okta in seiner grenzenlosen Naivität verraten und verkauft. Er hat sich mit dem Erzfeind der Oktaner eingelassen und sich zu einem Spiel verführen lassen."

„Er hat um Jagdlizenzen gespielt und verloren", stellte Tekener fest. „Nun vertrug es sich nicht mit der Ehre der Oktaner, das vor aller Öffentlichkeit zuzugeben. Daher entschloß man sich, das Solare Imperium verantwortlich zu machen und es zu verleumden."

„Ich gebe zu, daß das der Fall ist", sagte der Oktaner. „Auch das ist etwas, was mir nicht gefällt. Es ist aber nicht richtig, daß Onxytaur nur die Jagdlizenzen verspielt hat. Es geht um noch mehr. Onxytaur hat auch die Rechte an Edelsteinfeldern verloren, die in den Wüsten Sezpha liegen. Edelsteine aus diesem Gebiet gelten als besonders rein und wertvoll. Damit hat Grosvenor eine nahezu unerschöpfliche Geldquelle gewonnen, mit der er den Aufbau eines Imperiums finanzieren kann."

Tekener lächelte.

„Verträge kann man brechen, kündigen, anfechten oder beenden", entgegnete er. „Wenn Onxytaur diese Rechte am Spieltisch verloren hat, dann kann er darauf bestehen, daß eine neutrale Macht die näheren Umstände des Spiels untersucht. Ich bin überzeugt davon, daß er betrogen worden ist."

„Das sind wir alle, doch das ändert nichts daran, daß Oktaner Verträge nicht zu brechen pflegen", erklärte der Meister. „So etwas widerspricht unserer Ehrauffassung. Onxytaur hat den Vertrag gebrochen. Er hat das Raumschiff mit den Affenjägern angegriffen. Natürlich hat er nichts ausgerichtet. Die Männer Grosvenors haben mit einem Trick versucht, die Verantwortung für die Jagd auf das Solare Imperium abzuwälzen, doch uns haben sie nicht täuschen können."

„Was ist mit Onxytaur geschehen?"

„Er hat sein ehrloses Verhalten mit dem Leben bezahlt. Arantrat hat ihn gerichtet."

Tekener nickte. Er hatte nichts anderes erwartet. Es paßte zu dem Bild, das er sich von Okta gemacht hatte, daß Konflikte auf diese Art und Weise bereinigt wurden. Ein Hüter, der einen so schwerwiegenden Fehler machte, mußte damit rechnen, daß seine Konkurrenten im Kampf um die Macht sofort zuschlugen.

„Wir Oktaner haben nur zwei Möglichkeiten", fuhr Goras fort. „Wir könnten den Vertrag akzeptieren und dulden, daß die uns heiligen Grantinzy-Affen ausgerottet und die Edelsteinfelder geplündert werden. Das alles würde unter den Augen der Öffentlichkeit geschehen und damit katastrophale Folgen haben, zumal wir gleichzeitig in die Isolation gehen und uns gegen andere Sternenvölker abschirmen. Wir könnten aber auch kämpfen."

„Ich glaube, ich verstehe Sie", sagte der Terraner.

„Wirklich? Wenn da so ist, dann wissen Sie, daß wir Oktaner nicht direkt gegen Grosvenor kämpfen dürfen."

„Sie wollen, daß ich für Sie kämpfe", erwiderte Tekener. „Sie wollen, daß ich die Macht Grosvenors breche. Wenn Grosvenor stürzt oder gar stirbt, wird der Vertrag gegenstandslos."

„Sie haben mich tatsächlich verstanden." Goras bot Tekener Platz in weich gepolsterten Sesseln an. „Für mich war es unter den gegebenen Umständen nur logisch, daß ein Mann wie Sie auf Okta erscheinen würde. Ich habe mich intensiv mit den Methoden der SolAb und der USO befaßt und alles der Öffentlichkeit zugängliche Material studiert. Daher bin ich sicher, daß Sie der USO angehören."

„Ich gebe zu, daß es mir schmeichelt, daß Sie so etwas von mir glauben", erwiderte Tekener.

„Lassen wir das", sagte der Meister. „Ich bin ein hohes Risiko eingegangen, als ich Sie befreit habe. Besonders unangenehm für mich ist, daß der Verdacht auf mich fallen muß. Wer sonst hätte Sie befreien können? Ich muß also mit Konsequenzen rechnen."

„Der Begegnung mit einem Hüter?"

„Das nicht", erklärte Goras. „Kein Hüter kann es sich leisten, einem Meister mit dem Schwert zu drohen. Die Herstellung eines Sertagi-Schwertes ist eine Kunst, eine heilige Handlung. Wir Meister genießen ein noch höheres Ansehen als die Hüter, wenngleich wir keine Macht haben. Dennoch können wir nicht tun und lassen, was wir wollen. Aber das ist nicht Ihr Problem."

„Was schlagen Sie mir vor?"

„Ich möchte, daß Sie den direkten Kampf gegen Grosvenor aufnehmen und ihn vernichten."

„Wissen Sie, daß Grosvenor eine Reihe von ehemaligen Agenten der SolAb und Spezialisten von der USO um sich schart? Sie bilden seine Leibwache und Kampfgruppe. Es ist so gut wie unmöglich, zu ihm vorzudringen."

„Dennoch sollen Sie es versuchen."

„Was hätte ich davon?" fragte Tekener.

„Ich würde Sie den Hütern nicht ausliefern."

„Sie haben keine Garantie dafür, daß ich es tatsächlich versuche, sobald ich Okta verlassen habe."

Der Meister des Schwertes erhob sich und verließ den Raum. Nach einigen Minuten kehrte er zurück. Er trug ein Sertagi-Schwert in den Händen. Es blitzte und schimmerte, als sei es von Leben erfüllt. Er legte es vor

„Noch niemals in der Geschichte unserer Völker hat jemand ein Sertagi-Schwert gehabt, der nicht Hüter oder Meister war. Noch niemals hat ein Sertagi-Schwert diesen Planeten verlassen. Wenn Sie Grosvenor vernichten, gehört Ihnen ein Schwert."

Tekener verschlug es den Atem. Das Angebot des Meisters war geradezu unglaublich. Goras verstieß gegen sämtliche Traditionen seines Volkes. Er setzte sich über alle religiösen Bedenken hinweg.

„Ich kann nicht einfach hingehen und Grosvenor töten", erwiderte der Terraner. „Ich benötige Beweise."

„Welche?"

„Beispielsweise die Verträge, die er mit Onxytaur geschlossen hat. Die Kopien würden bereits genügen."

„Die beschaffe ich Ihnen." Goras streckte Tekener beide Hände entgegen. „Darüber hinaus halte ich Sie für einen Ehrenmann. Wenn Sie Ihr Wort geben, dann halten Sie es auch."

„Nun gut", sagte der Terraner. „Wenn Sie mir die Verträge oder die Kopien davon verschaffen, dann werde ich kämpfen."

6.

Einige Tage vergingen. Ronald Tekener war allein mit der Dienerschaft im Haus, doch keiner der Bediensteten sprach Interkosmo, und ein Translator stand nicht zur Verfügung. Im Haus gab es mehrere Fernsehgeräte, doch sie vermittelten ihm nur wenige Informationen. Immerhin erhielt er einige Einblicke in die industrielle Welt von Okta, und er erfuhr, daß die Hüter fast alle hohe Posten in der Wirtschaft bekleideten.

Von ihm war in keiner Sendung die Rede. Er schien für die Öffentlichkeit nicht existent zu sein.

Dann kehrte Goras zurück. Tekener erkannte ihn an der riesenhaften Gestalt.

Goras überreichte ihm einige Papiere. Der Terraner

wollte sie durchsehen, doch der Oktaner bat ihn, vorläufig darauf zu verzichten.

„Es ist das, was Sie verlangt haben", erklärte er. „Doch jetzt bleibt keine Zeit mehr, sie zu überprüfen."

„Warum nicht?"

„Weil die Verfolger mir auf den Fersen sitzen. Sie werden bald hier sein."

Er bat Tekener, ihm zu folgen, und rief seinen Dienern einige Befehle zu. Sie eilten aus dem Haus.

„Es ist, wie ich befürchtet habe", berichtete Goras, während sie zum Hafen liefen. „Niemand zweifelt noch daran, daß ich Sie befreit habe. Der Haß der Bevölkerung richtet sich zur Zeit gegen mich. Arantrat, als weltliches und geistliches Oberhaupt dieser Region, hat mich zum heiligen Feind erklärt und mir damit alle Privilegien genommen. Dennoch hat er noch nicht gewonnen. Das wird erst der Fall sein, wenn Sie in meinem Hause gefunden werden."

Im Privathafen des Schwertmeisters lag ein U-Boot. Es hatte einen langgestreckten Tauchkörper, über dem sich eine halbkugelförmige Kuppel erhob.

„Steigen Sie ein", befahl Goras. „Wir dürfen keine Minute länger hierbleiben."

„Sie begleiten mich?"

„Auf jeden Fall."

Die beiden Männer folgten mehreren anderen, die das U-Boot bereits betreten hatten. Sie stiegen über eine Leiter in den Schiffskörper. Goras schloß die Kuppel und führte Tekener in den Leitstand. Dieser war erstaunlich geräumig und erinnerte in vielen Teilen an die Zentrale eines Raumschiffs. Der Antrieb sprang an. Das Boot setzte sich in Bewegung.

Auf mehreren Bildschirmen konnte Tekener die Umgebung des Bootes sehen. Es fuhr aus dem fjordartigen Hafen bis ins offene Meer. Dann tauchte es weg. Auch jetzt blieben die optischen Systeme eingeschaltet.

Das Wasser war klar und sauber, so daß Tekener die zahllosen Fische sehen konnte, die das Boot begleiteten.

„Wir sind ihnen entkommen“, sagte Goras. „Niemand weiß, daß ich so ein Boot habe. Seit Generationen werden solche Boote schon nicht mehr gebaut.“

„Arantrat und seine Anhänger werden uns mit Gleitern verfolgen“, bemerkte der Terraner. „Aus der Luft läßt sich ein U-Boot leicht verfolgen.“

„Sie vergessen, daß Arantrat der Herr der radikalen Aschan-Partei ist. Sie tritt unter anderem für eine Erhaltung der Natur ein, so auch für ein absolutes Gleiterverbot über den Meeren. Nein, wenn Arantrat uns jagt, dann nicht mit Gleitern, sondern mit schnellen Booten. Glücklicherweise hat er keine Tauchboote.“

„Hoffentlich irren Sie sich nicht“, entgegnete Tekener, doch der Meister des Schwertes war sich seiner Sache völlig sicher.

„Sehen Sie sich jetzt die Kopien der Verträge an“, bat er.

Tekener zog sich in einen anderen Raum zurück, in dem ein Oktaner über einigen Seekarten saß und Berechnungen anstellte. Er setzte sich in einen Sessel und las die Verträge durch, die Goras ihm gegeben hatte.

Aus ihnen ging eindeutig hervor, daß der Oktaner Onxytaur gegen Grosvenor gespielt und verloren hatte.

Die Verträge verpflichteten die Oktaner zu Leistungen, die noch weit über das Jagdrecht und die Edelsteinlieferungen hinausgingen. Sie knebelten die Völker von Okta auf Jahrzehnte hinaus und räumten Grosvenor das Recht ein, auf Okta Fabriken zu errichten, in denen oktanische Arbeitskräfte unter Bedingungen eingesetzt werden konnten, die an Sklaverei grenzten.

„Jedes Gericht des Solaren Imperiums erklärt diesen

Vertrag für sittenwidrig und damit für ungültig", sagte Tekener, als er zu Goras zurückkehrte.

„Kein Oktaner wird sich bereit finden, einen Vertrag vor einem nichtoktanischen Gericht anzufechten", erwiderte der Meister des Schwertes. „Diese Blöße würde sich niemand geben. Ich habe ihnen den einzigen Weg aufgezeigt, der für uns gangbar ist. Eine andere Möglichkeit gibt es nicht."

Tekener nickte. Er begriff, daß er die Einstellung der Oktaner zu akzeptieren hatte. Es war sinnlos, noch länger mit Goras darüber zu diskutieren.

Er steckte die Papiere ein.

„Ich gebe Ihnen mein Wort, daß ich alles tun werde, was in meiner Macht steht", sagte er.

„Ich danke Ihnen", erwiderte Goras. „Wenn Sie gewonnen haben, werde ich Ihnen das Schwert geben."

„Werden Sie dann noch leben?"

Goras klatschte die Hände belustigt zusammen.

„Lieber Freund", erwiderte er. „Sobald Sie Okta verlassen haben, bin ich außer Gefahr."

„Sie wissen also, wo ein Raumschiff steht, das ich nehmen kann", stellte der Narbengesichtige fest.

„Allerdings. Der Affenjäger Giustino Fomasi mußte sein Raumschiff auf Okta lassen. Es wartet auf Sie."

Der Meister des Schwertes zeigte auf die Bildschirme. Auf ihnen waren Fischschwärme zu sehen, die das U-Boot begleiteten. Die Fische waren fremdartig und von exotischer Schönheit. Ihre Farbenpracht ließ die beiden Männer verstummen. Im Hintergrund tauchte ein Fisch mit vielfach gezackter Rückenflosse auf, der wesentlich größer war als das U-Boot. Er schwamm etwa zehn Minuten lang parallel zu ihm und verschwand dann wieder im durchsichtigen Grün des Wassers.

„Seltsam, daß so viele Fische uns begleiten", sagte Tekener.

„Finden Sie?"

Der Terraner blickte ihn überrascht an. Dann erfaßte er, was geschah.

„Sie haben Ihre Geheimnisse“, bemerkte er. „Inwieweit können Sie die Fische beeinflussen?“

„Lassen Sie es mein Geheimnis bleiben“, bat der Oktaner.

„Ich verstehe“, sagte Tekener. „Sie locken die Fische an und veranlassen sie, uns zu begleiten. Wahrscheinlich befinden wir uns mitten in einem riesigen Schwarm. Er macht es unseren Verfolgern unmöglich, uns zu orten.“

„So ist es“, bestätigte der Meister und wandte sich Tekener zu. Vergeblich versuchte dieser, in dem bizarr geformten Gesicht die Augen auszumachen. „Sicherlich könnten die Terraner uns mit ihren Hochleistungsortungsgeräten dennoch erfassen. Mit oktanischen Geräten ist das nicht möglich.“

„Auch nicht mit Infrarotortung?“

„Auch damit nicht. Unter den Fischen gibt es genügend Warmblüter. Sie bilden zum Teil so intensive Wärmequellen, daß kein oktanischer Orter uns unter ihnen herausfinden würde.“

Die Fahrt mit dem U-Boot dauerte zwei Tage. Dann tauchte Goras auf. Das Boot befand sich in einem Fjord, dessen Felswände mehrere Kilometer hoch nahezu senkrecht aufstiegen. Kein anderes Boot hielt sich in ihrer Nähe auf.

Der Meister des Schwertes zeigte auf einen Felsspalt.

„Dort geht es weiter“, sagte er.

Das Boot glitt in den Spalt und legte wenig später in einer tiefen Einbuchtung an.

„Das letzte Stück müssen wir gehen“, sagte Goras.

Der Weg führte durch eine enge Felsspalte nach oben. Die Oktaner erwiesen sich als geschickte Kletterer. Sie waren Tekener überlegen und überwanden mühelos selbst schwierigste Abschnitte. Sie halfen dem Terraner, wenn dieser nicht allein weiterkam.

Als sie etwa hundert Meter hoch gestiegen waren, erreichten sie eine Mulde, in der eine Space-Jet stand. Das Raumschiff war alt und sah wenig vertrauenerweckend aus.

„Es ist in Ordnung“, sagte Goras. „Damit können Sie das nächste Sonnensystem erreichen.“

Er rollte seine Tentakel aus und legte Tekener die Enden an die Schultern.

„Ich vertraue Ihnen“, fuhr er fort. „Und ich weiß, daß Sie zurückkommen werden.“

Er zuckte zusammen.

„Schnell!“ schrie er. „Starten Sie.“

Tekener hörte erst jetzt das schrille Pfeifen, das sich ihnen näherte. Er wirbelte herum und rannte zur Space-Jet. Als er nur noch wenige Schritte von ihr entfernt war, schlug etwa fünfhundert Meter von ihm entfernt eine Rakete ein. Er warf sich auf den Boden. Es blitzte sonnenhell auf, und eine Druckwelle fegte über ihn hinweg. Sie schleuderte ihn zur Seite. Tekener sprang wieder auf und stürmte weiter. Glücklicherweise war die Rakete in ein Tal gestürzt, so daß die freiwerdenden Energien den Terraner und die Space-Jet nicht voll erfaßten.

In der Schleuse drehte Tekener sich um. Er sah, daß Goras und seine Männer in die Felsspalte flüchteten, in der sie zuvor aufgestiegen waren.

Der USO-Spezialist schloß das Außenschott und hastete zur Zentrale hoch. Das Raumschiff befand sich in einem äußerst schlechten Zustand. Es war schmutzig. Überall lagen Verpackungsreste herum. Die Wände waren mit Zeichnungen beschmiert. Reparaturen waren nachlässig durchgeführt worden, und überall fehlten Ausrüstungsgegenstände, die auf jedem anderen Raumschiff zum Inventar gehörten.

Doch das alles störte Tekener nicht. Ihm kam es nur darauf an, Okta zu verlassen, ohne die Hilfe der USO in Anspruch nehmen zu müssen.

Die Zentrale bot ein etwas besseres Bild. Giustino Fomasi, der auf Okta hingerichtete Eigentümer des Raumers, schien immerhin Wert darauf gelegt zu haben, daß die lebenswichtigen Einrichtungen des Schiffes intakt blieben. Ronald Tekener hätte die Jet gern gründlich durchgetestet, doch dazu hatte er keine Zeit. Er mußte mit einem weiteren Raketenangriff rechnen. Daher führte er nur die unabdingbar notwendigen Prüfungen durch und startete. Die Jet reagierte unerwartet gut auf die Schaltungen des Terraners. Sie stieg auf.

Als sie eine Höhe von etwa hundert Metern erreicht hatte, schlug eine Rakete in einem benachbarten Tal ein. Tekener beschleunigte voll. Mit Hilfe der Ortungsgeräte erfaßte er die nächste Rakete. Sie verfehlte ihn weit. Er sah sie in der Schlucht verschwinden, in der Goras mit seinem Unterseeboot angelegt hatte. Unmittelbar darauf schoß ein gigantischer Blitz aus der Schlucht, und die Felswände stürzten ein.

Die Jet stieg steil auf und erreichte die Wolken. Tekener konnte nicht mehr erkennen, was unter ihm war. Er wußte nicht, ob es Goras gelungen war, die Schlucht zu verlassen, oder ob er darin umgekommen war.

Ronald Tekener landete zwei Tage später auf dem größten Raumhafen des Planeten Flachat im Torre-System. Der Flugsicherungscomputer wies ihm einen Landeplatz in unmittelbarer Nähe des Hauptgebäudes zu.

Als Tekener die Maschine verließ, kam ihm ein Flachater entgegen. Er war humanoid. Von seinen Schultern erhob sich ein mächtiger Kopf, der Tekener an den Kopf eines Chamäleons erinnerte. Die Haut war tiefgrün und mit zahllosen Knötchen übersät. Die faustgroßen Augen saßen als Halbkugeln seitlich am Kopf. Sie konnten sich unabhängig voneinander bewegen. Der Flachater blickte Tekener mit dem einen Auge an, während er mit dem anderen die Space-Jet betrachtete.

„Willkommen auf Flachat, falls Sie kein Terraner sind", sagte der Flachater und streckte Tekener die Hand entgegen. „Hoffentlich sind Sie in der Lage, die Lande- und Wartungsgebühren zu bezahlen."

„Danke", entgegnete Tekener. „Ich bin kein Terraner. Ich komme von Okta im Möura-System. Terra habe ich nie gesehen."

„Das ist gut. Und wie steht es mit dem Geld?"

Tekener griff in die Tasche und zeigte ihm ein Bündel Scheine, die er in der Space-Jet gefunden hatte.

„Ich hoffe, das reicht", sagte er.

Der Flachater übergab ihm eine Bescheinigung, ließ sich das Geld geben und zählte den geforderten Betrag ab. Er ließ Tekener nur noch einen Schein.

„Ihnen bleiben tausend Solar", erklärte er. „Das ist viel Geld auf Flachat. Hier ist das Leben billig."

Tekener steckte den Schein weg. Zusammen mit dem Flachater betrat er das Hauptgebäude. Von einer öffentlichen Videokabine aus führte er ein kurzes Gespräch mit dem Kontaktmann der USO. Zusammen mit ihm hatte er die letzten Vorbereitungen für den Flug nach Okta getroffen. Trevor Gould schien in den wenigen Tagen, die seitdem vergangen waren, um Jahre gealtert zu sein.

„Bleiben Sie, wo Sie sind", sagte er. „Ich komme und hole Sie ab."

„Was ist los?" fragte Tekener.

„Die Hölle", erwiderte Gould. „Überall auf Flachat finden Demonstrationen statt. Terraner sieht man nicht gern in diesen Tagen."

Tekener verzichtete auf weitere Fragen, weil er nicht wußte, ob das Gespräch abgehört wurde. Er wartete. Trevor Gould kam nach etwa einer Stunde. Er hatte eine blutige Schramme an der Stirn.

„Das hatten Sie vorhin noch nicht", sagte Tekener. „Was ist passiert?"

Sie befanden sich in der Halle des Raumhafengebäudes. Außer ihnen hielten sich nur noch einige Flachater in der Halle auf. Sie waren damit beschäftigt, Reklametafeln auszuwechseln.

Trevor Gould führte Tekener durch die Halle zu einer Antigravgleiterstation.

„Individualverkehr gibt es nicht auf Flachat", erläuterte er. „Das hat zuweilen erhebliche Nachteile."

Er zeigte auf die Schramme, während sie einen Großgleiter betraten und in den Sesseln Platz nahmen. Sie waren die einzigen Fahrgäste.

„Auf Flachat finden überall Demonstrationen statt. Agitatoren hetzen das Volk gegen Terra und das Solare Imperium auf. Die Vorfälle von Okta haben uns sehr geschadet. Unter diesen Umständen ist es nicht ungefährlich, sich in der Öffentlichkeit sehen zu lassen. Mich haben einige mit Messern bewaffnete Flachater angegriffen. Ich konnte sie abwehren."

Tekener ahnte, daß sich hinter diesen nüchternen Worten noch viel mehr verbarg. Gould hatte um sein Leben gekämpft, und er hatte nur gewonnen, weil er durch die unerbittliche Schule der USO gegangen war.

Als sie eine halbe Stunde gewartet hatten, flog der Gleiter endlich los. Er stieg bis in eine Höhe von etwa zehn Metern auf und beschleunigte mit Höchstwerten. Er raste über flaches Land, das von vollrobotischen Maschinen bestellt wurde.

Bald tauchte eine Stadt vor ihnen auf, die auf einem riesigen Bergkegel errichtet war. Tekener wußte, daß der Kegel größer wirkte, als er tatsächlich war, weil in seinen unteren Bereichen nur kleine Häuser standen, während sich zur Spitze hin immer höhere Häuser erhoben.

„Der Gleiter hält etwa fünfzig Meter von meiner Wohnung entfernt“, erklärte Gould. „Wir werden uns nicht lange aufhalten, sondern so schnell wie möglich von der Straße verschwinden.“

Die Maschine überflog die ersten Häuser der Stadt. Niemand hielt sich auf den Straßen auf. Es schien, als sei die Stadt von ihren Bewohnern verlassen worden. Doch dieser Eindruck täuschte, wie Tekener merkte, als der Gleiter einer aufsteigenden Straße folgte. Hier drängten sich die Flachater zusammen. Viele von ihnen hielten Transparente oder brennende Puppen hoch.

„Ich erinnere mich daran, daß Gordon Grosvenor auf Flachat ein Hotel mit einem Spielcasino hat“, sagte Tekener.

„Er hat vier Hotels. Allerdings kann in nur einem gespielt werden. Dort sind die Umsätze dann allerdings um so höher.“

„Welche Vorteile hat Grosvenor, wenn er die Flachater gegen Terra aufhetzt? Er ist selbst Terraner.“

„Man sollte meinen, daß er sich ins eigene Fleisch schneidet. Doch so ist es nicht. Grosvenor weiß, was er tut. Er hetzt gegen das Solare Imperium und Perry Rhodan. Er verbreitet das Gerücht, Rhodan strebe die Macht über die Milchstraße an. Er behauptet, daß Rhodan die anderen Völker der Galaxis unterdrücken und ausbeuten will. Er warnt jedoch davor, den Haß auf alle Terraner auszudehnen. Sich selbst stellt er als den Retter der galaktischen Völker heraus. Er beschwört die Flachater, zusammen mit den benachbarten Völkern ein Imperium zu errichten, das stark genug ist, sich gegen alle Machtansprüche Rhodans zu behaupten.“

„Selbstverständlich will er an der Spitze dieses Imperiums stehen", bemerkte Tekener.

„Selbstverständlich", bestätigte Gould. „Dagegen haben die Flachater auch nicht das geringste einzuwenden. Mit den Gewinnen aus dem Spielcasino unterstützt Grosvenor viele Projekte auf diesem Planeten. Er genießt hohes Ansehen und hat so gut wie keine Feinde. Deshalb ist es taktisch vielleicht nicht gerade klug, ausgerechnet hier gegen ihn vorzugehen."

Tekener lächelte.

„Ich beginne hier", erwiderte er gelassen. „Sie wissen, daß man Pläne nicht so ohne weiteres umstoßen kann."

„Sie müssen wissen, was Sie tun."

„Das weiß ich auch."

Der Gleiter landete am Rand eines Platzes, auf dem sich Tausende von Flachatern versammelt hatten. Sie achteten nicht auf die Maschine. Ihre Aufmerksamkeit richtete sich auf einen Redner, der auf einer Tribüne stand und über Greueltaten berichtete, die Raumfahrer des Solaren Imperiums auf einem anderen Planeten begangen haben sollten.

„Kommen Sie", flüsterte Gould Tekener zu. „Wir gehen zu dem Haus dort drüben."

Die beiden Männer entfernten sich von der Menge, ohne daß jemand auf sie aufmerksam wurde. Sie verschwanden in einem einstöckigen Haus. Gould schloß die Tür. Er atmete auf.

„Sie müssen warten, bis die Menge abgezogen ist", sagte er. „Vorher können Sie es nicht riskieren, zum Grosvenor-Hotel zu gehen. Es liegt genau gegenüber auf der anderen Seite des Platzes."

„Werde ich dort überhaupt Spieler vorfinden?" fragte Tekener. „Unter den gegebenen Umständen erscheint mir das nicht sehr wahrscheinlich."

„Sie irren", antwortete Gould. „Die Grosvenor-Hotels gelten als unantastbar. Und jeder Flachater weiß, wie wichtig das Casino für Flachat ist. Raumfahrer aus allen Teilen der Galaxis sind dort. Niemandem würde einfallen, sie am Spielen zu hindern. Auf diesen Gedanken kämen selbst die größten Fanatiker nicht. Wahrscheinlich würden sie sogar Perry Rhodan dort spielen lassen und hoffen, daß er einige Millionen verliert."

„Also schön", sagte Tekener. „Dann kann es losgehen. Ich benötige andere Sachen zum Anziehen. In diesen Lumpen kann ich mich nicht im Casino sehen lassen."

7.

Die letzten Flachater verließen den Platz, als es dunkelte. Zerfetzte Transparente, Reste der verbrannten Puppen und Abfall blieben zurück. Roboter begannen unmittelbar nach dem Ende der Demonstration mit Säuberungsarbeiten.

Tekener verließ das Haus, das Gould bewohnte, und überquerte den Platz. Er erreichte das Grosvenor-Hotel ungehindert. An der Rezeption tippte er seine Unterkunftswünsche ein, zahlte dafür etwas weniger als fünfhundert Solar und brachte etwas Handgepäck auf sein Zimmer. Es enthielt einige Ausrüstungsgegenstände, die er für den Notfall dabeihaben wollte.

Danach suchte er das Casino auf, das die oberen Geschosse des Hochhauses einnahm. Es war gut besucht. Tekener sah Arkoniden, Akonen, Springer, Aras, Topsider, Ertruser, Epsaler, Terraner, Siganesen und Nichthumanoide. An den Spieltischen standen als Spielleiter Terraner. Tekener wußte, daß viele von ihnen aus den verschiedenen Ordnungsdiensten des Solaren Imperiums stammten. Die meisten von ihnen waren sich nicht darüber klar, daß sie von einem Mann bezahlt wurden, der an den Grenzen der Legalität arbeitete und diese oft genug bedenkenlos überschritt.

Tekener erregte keinerlei Aufsehen und wurde kaum beachtet. Im Casino war von dem Haß nichts zu spüren, der die Bevölkerung des Planeten erfüllte. Es schien, als betrete der Besucher durch die Tür einen anderen Planeten, der nichts mehr mit Flachat zu tun hatte.

Tekener interessierte sich nur für ein Glücksspiel, das als Planeten-Roulette bezeichnet wurde. Bei diesem Spiel schwebte ein mit einhundertfünfzig Waben versehener Ball in einer transparenten Hohlkugel. An der Innenseite dieser Hohlkugel raste ein kleiner Ball entlang, bis der Croupier die Schwerewerte des Wabenballs erhöhte. Das hatte zur Folge, daß sich die Kugel langsamer an der Innenwand des Transparentkörpers entlangbewegte und schließlich auf die Wabenkugel stürzte. Dabei gab es zahllose Gewinnchancen, die wie beim traditionellen Roulette Farben, Zahlengruppen und Zahlenblöcke umfaßten. Die Chancen waren bei diesem Spiel jedoch wesentlich breiter gestreut, während die Chance auf den Höchstgewinn erheblich reduziert war. Dafür betrug der Höchstgewinn das Fünfhundertfache des Einsatzes.

Tekener beobachtete das Spiel etwa eine Stunde lang, bevor er den ersten Einsatz wagte. Ihm fiel auf, daß ein enger Zusammenhang zwischen der Zeit bestand, in der der Antigrav der Wabenkugel die Spielkugel an sich riß, und der Schaltung, die der Croupier vornahm. Er steuerte den Antigrav nicht gleichmäßig, sondern willkürlich aus, so daß die Spielkugel mal länger, mal kürzer an der Innenseite der Transparentkugel entlangraste.

Das war offenbar auch einigen anderen Spielern aufgefallen. Tekener beobachtete, daß sie mit Hilfe von Taschenrechnern das Ergebnis zu errechnen suchten. Dabei hatten sie jedoch nur geringe Erfolge. Sie kamen der Gewinnzahl nahe, trafen sie jedoch nicht ein einziges Mal.

Je länger Tekener beobachtete, desto mehr vertiefte sich in ihm die Überzeugung, daß die Croupiers die Spieler bewußt narrten. Er erkannte jedoch an, daß sie dabei äußerst geschickt vorgingen und daß es ihnen immer wieder gelang, Spannung aufkommen zu lassen. Die Spieler fieberten jedem neuen Wurf entgegen, und sie beobachteten den Lauf der kleinen Kugel an der Innenwand der großen mit glänzenden Augen. Sie ließen sich in einen Rausch versetzen, in dem sie nicht mehr Herr ihrer eigenen Entschlüsse waren.

Kühl lächelnd setzte der narbengesichtige Terraner sich an den Spieltisch. Er begann vorsichtig, aber kaum hatte er seine ersten Einsätze gemacht, als der Croupier auch schon versuchte, ihn ebenfalls in einen Spielrausch zu versetzen.

Er war ein kleiner, dunkelhäutiger Mann mit tiefliegenden Augen und einer fliehenden Stirn. Ein Schild auf seiner Brust zeigte an, daß er Jonas Carras hieß.

Carras wurde unsicher, als er merkte, daß Tekener ein Störfaktor war. Er ließ sich zu einem Fehler verleiten und manipulierte das Spiel. Er steuerte die Kugel so, daß Tekener einige kleine Gewinne einstreichen konnte.

Erwartungsvoll blickte er ihn an. Tekener begegnete dem Blick, und ein drohendes Lächeln erschien auf seinen Lippen.

Tekener setzte den Höchsteinsatz auf Zahl. Er ließ den Croupier nicht aus den Augen. Die anderen Spieler am Tisch bemerkten nichts von der Auseinandersetzung der beiden Männer.

Tekener verlor.

Carras beobachtete ihn, doch der narbengesichtige Spieler ließ durch keine Reaktion erkennen, was er fühlte. Er schien den Verlust nicht bemerkt zu haben.

Tekener spielte weiter.

Und er verlor.

Die Chips in seiner Tasche schmolzen dahin. Tekener machte sich bereits mit dem Gedanken vertraut, daß er die erste Attacke auf Grosvenor abblasen mußte, weil er kein Geld mehr hatte, als ihm der Zufall zur Hilfe kam.

Seine Zahl gewann. Der Croupier schob ihm Chips im Wert von tausend Solar zu.

Tekener setzte den Höchsteinsatz auf die gleiche Zahl und gewann erneut.

Der Croupier lächelte. Tekener konnte nicht feststellen, ob er abermals manipuliert und ihm den Gewinn zugespielt hatte. Er wußte jedoch, daß Carras den doppelten Gewinn begrüßte, weil er die Stimmung am Tisch wieder anheizte.

Tekener setzte die gleiche Zahl abermals mit dem höchstmöglichen Einsatz von tausend Solar und gewann zum dritten Mal hintereinander. Jetzt verfügte er plötzlich über eine Spielsumme von einer Million Solar. Jeder andere Spieler am Tisch hätte nun versucht, wenigstens einen Teil dieser Summe in Sicherheit zu bringen, doch Tekener kam es nicht darauf an, irgendeinen Gewinn mit aus dem Casino zu nehmen. Er wollte einen aufsehenerregenden Gewinn.

Daher ging er nunmehr zu einer Strategie über, die er sich vorher sorgfältig zurechtgelegt hatte. Schon bei seinen ersten Spielzügen erkannten die anderen Spieler am Tisch, daß er aufs Ganze ging. Erregt verfolgten sie seine Einsätze. Ihre Einsatzbereitschaft steigerte sich. Auch von anderen Tischen kamen Spieler herbei, um zu beobachten, was geschah.

Der Croupier leitete das Geschehen mit unbewegter Miene. Tekener sah ihm an, daß er davon überzeugt war, das Geschehen fest im Griff zu haben.

Doch Carras irrte sich.

Tekener gelang es innerhalb weniger Minuten, seinen Gewinn zu verdoppeln und das Spiel erneut zu verschärfen, so daß es zu einem Duell gegen die Bank wurde.

Wiederum gelang ihm ein Höchstgewinn.

Carras ließ sich ablösen. An seine Stelle trat ein hellhäutiger, blonder Mann, der Tekener überhaupt nicht wahrzunehmen schien. Der narbengesichtige Terraner fühlte sich durchaus in der Lage, das Spiel fortzusetzen, und er war sicher, daß er weiterhin Gewinne machen würde. Doch er wollte es nicht auf einen offenen Schlagabtausch mit dem Croupier ankommen lassen. Er beendete das Spiel. Sein Gewinn bezifferte sich auf nahezu zwei Millionen Solar.

Zehn Prozent der Gewinnsumme spendierte er den Croupiers, so wie es üblich war. Dann zog er sich in die Bar des Casinos zurück und trank etwas. Zwei Springer suchten das Gespräch mit ihm. Er ließ sich auf eine Diskussion über Spielstrategien mit ihnen ein. Dabei bemerkte er, daß er von einigen Männern in der Bar beobachtet wurde.

Nach etwa einer Stunde kehrte er in den Spielsaal zurück, ging jedoch nicht zum Roulette, sondern zu einem Tisch, an dem Karten gespielt wurde, doch keiner der Spieler zeigte sich bereit, einen Platz für ihn zu räumen.

Da tippte ihm jemand auf die Schulter. Tekener drehte sich um. Vor ihm stand ein rothaariges Mädchen. Es blickte ihn lächelnd an.

„Sie scheinen sich zu langweilen“, sagte sie.

„Durchaus nicht“, erwiderte er. „Ich finde es ausgesprochen kurzweilig hier.“

„Das Casino hat ein Spiel anzubieten, das nur wenige beherrschen“, eröffnete sie ihm. „Haben Sie schon einmal etwas von einem Vier-Ebenen-Schach gehört?“

„Ich habe es schon ein- oder zweimal gespielt.“

„Würden Sie gegen mich antreten?“ Sie streckte ihm ihre Hand entgegen. „Mein Name ist Maude Sharpe. Ich spiele im Auftrag des Hauses – allerdings nur für einen Einsatz ab einer Million.“

„Ich habe nichts anderes erwartet“, sagte er. „Das Spiel kann unter Umständen einige Tage dauern. Es wäre bei einem geringeren Einsatz nicht besonders reizvoll.“

„Sie sind ein guter Spieler“, stellte sie fest. In ihren grünen Augen blitzte es auf. „Ich habe Sie beobachtet. Sie lieben Spiele.“

„Spiele haben etwas von den Qualitäten eines Kunstwerks an sich“, erwiderte Tekener. „Das hat ein Terraner namens Aldous Huxley einmal gesagt. Mit seinen unzweideutigen Regeln ist ein Spiel immer so etwas wie eine Insel der Ordnung im unübersichtlichen Chaos unseres Erlebens. Wenn wir ein Spiel spielen, oder wenn wir auch nur dabei zusehen, gelingt es uns für eine Weile, aus der Unbegreiflichkeit des realen Universums in eine kleine reinliche, von Menschen gemachte Welt zu entkommen, in der alles klar ist, seinen Zweck hat und leicht zu verstehen ist. Der Wettkampfcharakter steigert seinen Reiz noch, den es an und für sich schon hat. Das Spiel wird erregend, und dieser erregende Reiz des Wettkampfs wird durch Wetten, einen Einsatz und hingerissene Zuschauer noch gesteigert.“

„Sie wollen Zuschauer?“

„Ich würde es mir nie verzeihen, mögliche Interessenten als Zuschauer von einem solchen Wettkampf ausgeschlossen zu haben.“

„Also schön. Wann beginnen wir? Noch heute, oder ziehen Sie es vor, die ersten Züge morgen nach dem Frühstück zu machen?“

„Schlafen wir erst einmal aus“, entgegnete er. „Ich stehe Ihnen ab neun Uhr zur Verfügung.“

Er deutete eine Verbeugung an, lächelte flüchtig und verließ das Casino. Er war sicher, daß es ihm gelingen würde, die Aufmerksamkeit Grosvenors zu erringen. Darauf kam es ihm an. Gewinne, gleich welcher Höhe, blieben uninteressant, solange er Grosvenor nicht aus seiner Reserve locken konnte. Grosvenor war ein leidenschaftlicher Spieler. Früher oder später würde er sich dem Kampf stellen, sofern er den Eindruck hatte, daß es sich lohnte.

Tekener ging auf sein Zimmer und forderte über den Hotelcomputer Informationen über Vier-Ebenen-Schach an. Er hatte es schon einmal gespielt, erinnerte sich jedoch nicht mehr genau daran, da er damals kaum älter als zehn Jahre gewesen war.

Kurz vor neun Uhr betrat Tekener am nächsten Morgen den großen Spielsaal des Casinos. Alles war vorbereitet. Fünf große Schachbretter lagen auf einem Tisch in der Mitte des Saales. Sie waren so angeordnet, daß vier Bretter das fünfte umschlossen und mit ihren schwarzen Steinen an diesem angrenzten.

Maude Sharpe kam Tekener entgegen, als sie ihn sah. Sie trug einen hauteng anliegenden Anzug aus einem golden schimmernden Material. Glitzernde Armbänder zierten ihre Handgelenke. Eine blonde Perücke ließ sie ganz anders aussehen als am Abend zuvor.

„Ich erkläre noch einmal die Regeln, bevor wir beginnen", sagte sie, während die Zuschauer in den Saal strömten. Es waren hauptsächlich Hotelgäste. Tekener sah aber auch zahlreiche Flachater. Die Stimme des Mädchens hallte aus den Lautsprechern an der Decke, so daß jeder im Saal sie verstehen konnte.

„Tun Sie das", erwiderte Tekener freundlich. „Mir kann das auch nicht schaden."

Sie lachte silberhell, doch ihre Augen blieben kalt.

Tekener sah ihr an, daß sie seine Bemerkung nicht recht einzuordnen wußte.

„Gespielt wird an allen vier Brettern gleichzeitig", fuhr sie fort. „Jeder Spieler gibt vier Spielzüge gleichzeitig ab. Der Spieler mit den weißen Steinen ist der Angreifer. Er hat die Aufgabe, so viele Steine wie möglich durch die schwarzen Reihen auf das mittlere Brett zu bringen. Hier stehen dem Verteidiger, dem Spieler mit den schwarzen Steinen, sechzehn Figuren zur Verfügung. Mit ihnen soll er sich gegen alle weißen Steine behaupten, die bis ins Zentrum vorgedrungen sind. Jedes Ungleichgewicht zwischen schwarz und weiß verändert die Spielchancen. Je geringer das Ungleichgewicht, desto höher der Reiz des Spieles. Das Haus hat Mr. Tekener herausgefordert, wird also zuerst mit den weißen Steinen spielen."

Sie fügte noch eine Reihe von weiteren Erläuterungen hinzu, die sich vor allem auf die zeitliche Einteilung des Spieles bezogen. Jedem Spieler standen pro Spielzug nur wenige Minuten zur Verfügung, damit das Spiel in einer für die Zuschauer noch interessanten Zeit abgewickelt werden konnte.

„Das Haus setzt eine Million Solar", schloß Maude Sharpe. Dann streckte sie ihren Arm aus und zeigte einladend auf den Tisch. Tekener setzte sich. Sie nahm ihm gegenüber Platz.

Das Mädchen begann mit den ersten Zügen, als es still geworden war. Tekener antwortete augenblicklich. Sie zeigte wiederum bei den nächsten Zügen, daß sie das Spiel beherrschte und eine gute Übersicht hatte.

Der Terraner beobachtete sie, sobald er seine Züge gemacht hatte, mit denen er den Vormarsch der weißen Figuren blockierte. Dabei fiel ihm ein seltsamer Ausdruck ihrer Augen auf. Zunächst wußte er nichts damit anzufangen. Er zerbrach sich den Kopf darüber, was mit dem Mädchen nicht stimmte.

Darunter litt zwangsläufig seine Konzentration, bis er plötzlich merkte, daß sich seine Lage gefährlich verschlechterte. Während er mit einigen gewagten Zügen konterte, dämmerte es ihm.

Bevor Maude Sharpe setzte, horchte sie in sich hinein. Sie dachte nicht nach, jedenfalls nicht so intensiv wie er, oder wie es für eine Spielerin in ihrer Situation normal gewesen wäre.

Sie erhielt Spielanweisungen!

Ronald Tekener vermutete, daß sie ein winziges Hörgerät im Ohr hatte, über das man ihr mitteilte, welche Steine sie ziehen sollte. Der Terraner blickte zur Decke hoch, die mit einer Flut von schimmernden Leuchteinheiten in allen nur denkbaren Formen verziert war. Irgendwo zwischen ihnen verbargen sich die Objektive von Fernsehkameras, mit denen das Spiel beobachtet wurde.

Tekener vermutete, daß in einem anderen Raum des Hotels wenigstens vier versierte Schachspieler saßen, von denen jeder jeweils ein Brett spielte.

„Was ist los? Warum spielen Sie nicht weiter?" fragte sie, als etwa vier Minuten verstrichen waren, ohne daß er einen Zug bekanntgegeben hatte.

Ein eigenartiges, drohendes Lächeln erschien auf seinen Lippen. Es verlieh seinem von Lashat-Narben bedeckten Gesicht einen Ausdruck, der sie erschreckte. Tekener sah, daß sie erbleichte.

Er ließ sie nicht aus den Augen, während er seine Züge nannte. Helfer am Rand des Tisches verschoben die Steine mit Hilfe von Magnetschiebern, die sich an der Unterseite der Bretter befanden, so daß Tekener oder das Mädchen keinen Stein zu berühren brauchten.

Sie wurde unsicher.

Sein Lächeln störte sie in ihrer Konzentration. Tekener war sich nun ganz sicher, daß er recht hatte. Sie horchte in sich hinein, um sich die richtigen Züge nennen zu lassen. Das konnte sie nur, wenn sie genau aufpaßte. Sie konnte keine Fragen stellen, wenn sie eine Anweisung nicht verstanden hatte. Wenn ihr etwas entging, mußte sie eigene Entscheidungen treffen, und Tekener glaubte nicht, daß sie dazu imstande war.

An ihren Augen glaubte er erkennen zu können, wann die Anweisungen kamen.

„Ich möchte den Einsatz erhöhen“, sagte er lauter als nötig, um sie möglichst nachhaltig zu stören.

„Jetzt?“ fragte sie verwirrt.

„Jetzt“, erwiderte er.

„Aber die Situation ist nicht günstig für Sie.“ Ihre Lippen zuckten, und ihre Stirn krauste sich. Tekener sah ihr an, daß sie in sich hineinhorchte und sich die größte Mühe gab zu verstehen, was man ihr zuflüsterte.

„Gerade das sollte Ihre Bereitschaft steigern, den Einsatz entsprechend zu erhöhen“, fuhr er fort.

Ihr Gesicht entspannte sich. Das war für ihn ein deutliches Zeichen dafür, daß ihre Helfer schwiegen, um ihr Gelegenheit zu geben, auf sein Angebot zu antworten.

„Also gut“, sagte sie. „Ich erhöhe.“

Er lächelte.

„Warum überrascht Sie mein Angebot so?“ fragte er. „Glauben Sie, das Spiel schon gewonnen zu haben?“

„Ich diskutiere nicht über den Stand des Spiels“, erwiderte sie nervös. „Versuchen Sie nicht, mich in meiner Konzentration zu stören. Dadurch können Sie das Spiel nicht gewinnen.“

Eine Falte bildete sich auf ihrer Stirn. Tekener nahm sie als Zeichen dafür, daß die Helfer des Mädchens sich wieder meldeten.

„Ich schlage vor, wir verdoppeln den Einsatz“, sagte er. „Sind Sie damit einverstanden?“

Er blickte zur Uhr. Die Zeit, die ihr für ihre Züge zur

Verfügung stand, lief ab. Darauf kam es ihm an. Er wollte sie in Zeitnot bringen, damit sie Fehler machte.

Es gelang.

„Also gut. Wir verdoppeln“, antwortete sie. Jetzt merkte sie, wie knapp die Zeit geworden war. Sie konzentrierte sich auf die Anweisungen.

„Ihre Zeit wird knapp“, sagte Tekener. „Es tut mir leid, daß ich Sie mit der Verdoppelung gestört habe.“

In ihrem Gesicht zeichnete sich ihre Verwirrung ab. Tekener sah ihr an, daß sie die Anweisungen nicht verstanden hatte. Doch jetzt blieb ihr keine andere Wahl mehr. Sie mußte die Züge nennen. Kaum hatte sie das getan, als abermals eine Veränderung in ihrem Gesicht vorging. Sie zeigte dem Terraner an, daß man ihr die Fehler bewußt machte.

„Schweigen Sie“, rief sie ihm zornig zu. „Es verstößt gegen die Regeln, wenn Sie immer dann reden, wenn ich ziehen will.“

Tekener lächelte. Er lehnte sich in seinem Sessel zurück und blickte sie an.

„Wenn eine so attraktive Frau wie Sie in dieser Aufmachung am Spieltisch erscheint, geschieht das ja wohl in der Absicht, den Gegner zu irritieren“, antwortete er.

Überraschenderweise applaudierten die Zuschauer. Sie bestätigten damit die Aussage seiner Worte.

Tekeners Lächeln vertiefte sich. Es wirkte noch drohender, noch gefährlicher als zuvor auf das Mädchen.

Er nannte seine Züge, scheinbar ohne nachzudenken. Doch jetzt blockierte er den Vormarsch ihrer Steine außerordentlich wirksam. Maude Sharpe merkte, daß sie an drei Brettern Fehler gemacht hatte. Sie kosteten sie drei Offiziere.

Wiederum störte er das Mädchen, als er glaubte, daß ihre Helfer zu ihr sprachen, und abermals drängte er sie derart in die Enge, daß sie Fehler machte. Wenig später fegte er ihre Figuren an drei Brettern hinweg, so daß sie ihn nur noch von einem Brett her attackieren konnte. Jetzt aber war sie derart verunsichert, daß sie sich nicht mehr ausreichend konzentrieren konnte. Sie verlor das Spiel.

Der Spielleiter erschien und überreichte Tekener einen Scheck. Die Zuschauer belohnten seine Bemühungen mit kräftigem Beifall. Tekener ging zu Maude Sharpe und streckte ihr die Hand entgegen, doch sie wandte sich ab und eilte davon.

„Ich würde gern noch einmal spielen", sagte Tekener zu dem Spielleiter.

„Selbstverständlich", antwortete dieser. „Doch zuvor möchte ich Sie gern unter vier Augen sprechen. Kommen Sie."

Tekener folgte ihm in ein Büro.

„Nun?" fragte er. „Was gibt es?"

„Ich möchte Sie bitten, Flachat zu verlassen", erwiderte der Spielleiter. Er war größer als Tekener und hatte seltsam farblose Augen.

„Sie sehen es nicht gern, wenn Ihre Gäste gewinnen, wie?"

„Alles hat seine Grenzen. Sie haben ein wenig zuviel gewonnen, Mr. Tekener. In einer Stunde haben Sie Flachat verlassen."

„Und was ist, wenn ich nicht starte?"

„In einer Stunde beginnt eine Demonstration gegen das Solare Imperium", erläuterte der Spielleiter. „Die Flachater sind zur Zeit sehr erregt. Ich würde es sehr bedauern, wenn die Flachater Sie auf den Scheiterhaufen bringen würden."

„Ich habe verstanden", entgegnete Tekener. „Ich starte."

Er ging zur Tür. Dort blieb er stehen und drehte sich um. Er legte seine Hand an die Brusttasche.

„Ich habe etwa vier Millionen bei mir", sagte er. „Erwarten Sie, daß ich das Geld hierlasse?"

Der Spielleiter verzog verächtlich die Lippen.

„Was halten Sie von uns?" erwiderte er, setzte sich an seinen Schreibtisch und vertiefte sich in die Lektüre eines Briefes.

Tekener lächelte, als er das Büro verließ.

Wenig später überquerte er den Platz vor dem Hotel.

Tekener blieb an der Gleiterstation stehen. Wenig später gesellten sich einige Flachater zu ihm, die ebenfalls zum Raumhafen fliegen wollten. Sie beachteten ihn nicht. Kurz bevor der Großgleiter kam, erschien Trevor Gould bei ihm.

Der Kontaktmann schob ihm einen Zettel zu, als sie in den Gleiter stiegen.

8.

Ronald Tekener benötigte nur etwa zwei Stunden, um die Nachricht zu entschlüsseln, die Trevor Gould ihm zugesteckt hatte. Sie besagte, daß Gordon Grosvenor auf dem nur wenige Lichtjahre entfernten Planeten Thalkat vermutet wurde.

Tekener nahm sofort Kurs auf die grüne Sonne, deren dritter Planet Thalkat hieß. Da sein Raumschiff nicht die volle Leistung erreichte, traf er erst zwei Tage später dort ein. Doch der Zeitverlust war ihm nicht unlieb. Er nutzte die Spanne, um sich auf seinen Einsatz auf Thalkat vorzubereiten. Er ging davon aus, daß Grosvenors Helfer bereits von seinem Gewinn wußten.

Thalkat war eine kleine grüne Welt mit einer Schwerkraft von nur 0,76 g. Der Planet hatte zwei Kontinente, die etwa ein Drittel seiner Oberfläche einnahmen. Meadows, die Hauptstadt von Thalkat, lag auf dem nördlichen Kontinent. Sie war ein Handelszentrum, das besonders von den Springern stark frequentiert wurde. Hier stand eines der größten Hotels des Grosvenor-Imperiums.

Ronald Tekener suchte das Hotel sofort nach seiner Ankunft auf. Er mietete ein Luxusappartement mit sechs Zimmern, das ihm allen nur erdenklichen Komfort bot. Kaum hatte er sich über die Spielmöglichkeiten im Hotel informiert, als das Türvideogerät sich einschaltete. In dem Projektionsfeld zeichnete sich das kantige Gesicht eines etwa fünfzigjährigen Mannes ab.

„Was wünschen Sie?" fragte der Terraner.

„Ich bin Serges Canti", tönte es aus den Lautsprechern. „Ich muß Sie sprechen, Mr. Tekener."

„In welcher Angelegenheit?"

„Es geht um Spiele."

Tekener ging zur Tür und öffnete.

„Treten Sie ein", sagte er.

Serges Canti war ein weißhaariger, untersetzter Mann mit auffallend großen Händen.

„Ich will es kurz machen", sagte er. „Sie sollten wissen, daß das Haus es nur ungern sieht, wenn Sie das Spielcasino oder eine der anderen Spielanlagen betreten."

„Soll das eine Warnung sein?"

„So könnte man es nennen, Mr. Tekener. Lassen Sie es nicht auf ein Spielverbot ankommen. Wir würden es nicht gern aussprechen."

„Ich habe verstanden." Tekener ging zur Tür und öffnete. Er blieb an der Tür stehen, bis sein Besucher das Appartement wieder verlassen hatte.

Tekener dachte nicht daran, sich vom Spielen abhalten zu lassen. Er war hier, weil er Gordon Grosvenor provozieren wollte. Der geheimnisvolle Konzernherr, der sich angeblich seit Jahren nicht mehr in der Öffentlichkeit hatte sehen lassen, sollte sich mit ihm an den Spieltisch setzen. Dort wollte Tekener ihm eine vernichtende Niederlage beibringen.

Eine Stunde später betrat er das Casino. Serges Canti kam ihm entgegen. Offensichtlich hatte er auf ihn gewartet.

„Sie lassen sich nicht dreinreden, Mr. Tekener", sagte er. „Wir haben uns so etwas gedacht. Sie wollen spielen. Um jeden Preis?"

„Nicht um jeden Preis", antwortete der narbengesichtige Terraner. „Nur um hohe Einsätze. Alles andere interessiert mich nicht."

„Sie spielen um alles oder nichts?"

„Auch das."

„Dann habe ich etwas für Sie. Kommen Sie." Serges Canti lächelte. Er führte Tekener in einen Raum, der etwa fünf Meter lang und vier Meter breit war. In der Mitte stand ein Polstersessel vor der Schalttafel eines Computers. An den Wänden erhoben sich die kastenförmigen Teileinheiten eines Großcomputers.

„Wenn Sie wollen, können Sie gegen einen der anderen Gäste oder gegen einen Spieler antreten, den das Haus stellt", erklärte Canti. Er drückte auf einen Knopf. Lautlos glitt die Decke des Raumes zur Seite und gab den Blick in eine Halle frei, deren Ausmaße Tekener nicht erkennen konnte, weil sie mit schwarzem Material ausgeschlagen war. „Das Spiel wurde erst kürzlich entwickelt. Es nennt sich Starfight. Von diesem Sessel aus können Sie eine Raumschlacht austragen. Ihnen stehen mehr als zwanzigtausend Raumschiffe und ein umfangreiches Arsenal an Waffen aller Art zur Verfügung. Ihr Gegner verfügt über die gleichen Mittel. Keiner ist dem anderen überlegen. Es kommt ausschließlich auf das strategische Talent, auf Phantasie und auf die Fähigkeit an, mit einem Computer dieser Art umzugehen. Das Spiel ist teuer. Die Mindestgebühr beträgt zehntausend Solar für ein Spiel. Darüber hinaus ist das Haus mit fünf Prozent an der Gewinnsumme beteiligt."

Die Welt sitzt auf einem Pulverfass
. . . und wäre schon längst explodiert – gäbe es nicht solche Männer wie MISTER DYNAMIT.
Mit seinem untrüglichen Instinkt durchschaut er nicht nur politisches Ränkespiel, sondern findet sich auch in den dunklen Kanälen von Spionage und Gegenspionage zurecht. Ein Mann wie Stahl.
Ein Mann, der weiß, wofür und für wen er sein Leben aufs Spiel setzt.
MISTER DYNAMIT – nicht nur eine packende Kriminalserie, sondern auch ein Blick hinter die Kulissen unserer Welt.
Jeden Monat neu!
Mister Dynamit

„Außerordentlich reizvoll", erwiderte Tekener. „Ich bin bereit. Stellen Sie mir einen Gegenspieler zur Verfügung."

„Wir wollen die Sache abkürzen", sagte Canti, hochmütig lächelnd. „Deshalb schlage ich Ihnen ein Spiel um alles oder nichts vor."

„Einverstanden."

„Sie haben nach unseren Informationen auf Flachat einen Gewinn von vier Millionen gemacht", fuhr Canti fort. „Setzen wir sie ein."

„Einverstanden."

Die beiden Männer besprachen noch einige weitere Einzelheiten des Spiels. Sie einigten sich darauf, daß das Grosvenor-Hotel den Gegner für Tekener stellen sollte. Dann ließ Canti den narbengesichtigen Terraner allein. Tekener hatte eine Stunde Zeit, sich mit dem Computer und dem Spiel vertraut zu machen.

Er war optimistisch. An einer Raumschlacht hatte er noch nicht teilgenommen, wohl aber an strategischen Übungen. Er kannte sich mit Computern aus. Daher glaubte er, das Spiel zu gewinnen.

Doch als es begann, erkannte er, daß er sich getäuscht hatte. Über ihm entstand ein räumliches Bild des Weltalls. Zwei riesige Raumflotten standen sich gegenüber. Beide warteten in halbkugelförmiger Formation, wobei die Öffnung der Halbkugel dem Gegner zugewandt war.

Doch kaum hatte das Spiel begonnen, als Tekeners Gegner die Formation änderte. In Sekundenschnelle zog sich die Flotte zusammen und bildete einen Keil. Danach griff sie mit vehementer Wucht an und sprengte Tekeners Flotte.

Der Terraner erkannte, daß sein Gegenspieler ein Mann war, der dieses Spiel schon häufig inszeniert hatte und der die Feinheiten besser kannte als er.

Tekener reagierte. Er zog seine Raumschiffe, von denen jedes nicht größer war als eine Fingerkuppe, zurück, um sie neu zu formieren. Dann nutzte er die vielfältigen Möglichkeiten, die ihm der Computer bot. Er zersplitterte seine Kräfte und führte zahlreiche Einzelgefechte durch, wobei er die kampfstärksten Raumschiffe des anderen attackierte. Auf diese Weise konnte er sie zwar nicht bezwingen, schaltete sie aber als Angriffsinstrumente zumindest vorübergehend aus.

Ihm gelang es, etwa zweihundert kleinere Einheiten zu vernichten. Dabei mußte er jedoch ebenfalls kräftige Verluste hinnehmen, so daß sich am Ende dieser Kampfphase nur ein leichtes Übergewicht für ihn ergab.

Tekener erinnerte sich an verschiedene taktische Manöver, die er im Rahmen des allgemeinen USO-Trainings gelernt hatte. Er führte sie mit zunächst überzeugendem Erfolg aus, mußte dann jedoch erleben, daß sein Gegner mit Schachzügen reagierte, die von den Übungsleitern der USO für diese Maßnahmen als einzige Abwehrwaffe erklärt worden waren.

Schlagartig wurde ihm klar, daß er es mit einem Gegenspieler zu tun hatte, der ebenfalls aus der USO kam und eine erstklassige Schulung genossen hatte. Zugleich wurde er sich dessen bewußt, daß er andere strategische Wege einschlagen mußte, wenn er sich nicht als USO-Spezialist entlarven wollte.

Fieberhaft überlegte er, was er tun sollte. Dabei ging die Schlacht weiter. Ihm blieb keine Atempause. Der Gegner spürte, daß er zu einer Offensive nicht fähig war. Er schnürte ihn ein.

Dann aber wurde Tekener sich plötzlich dessen bewußt, daß er einen entscheidenden psychologischen Fehler gemacht hatte.

Er kämpfte mit allen nur erdenkbaren Finessen, aber er spielte nicht. Dies aber war ein Computerspiel, das von ihm nur zu gewinnen war, wenn er sich auf seine spielerischen Tugenden entsann. Er reagierte, kaum daß er den Gedanken zu Ende gesponnen hatte. Mit einigen verblüffenden und scheinbar unsinnigen Manövern brachte er seinen Gegner aus dem Konzept. Er bluffte, opferte scheinbar sichere Positionen, ließ sich auf aussichtslos erscheinende Teilgefechte ein und öffnete sich damit, von dem anderen unbemerkt, die wirklich wichtigen Fronten.

Während seine eigene Flotte dem Untergang geweiht zu sein schien, griff er plötzlich die Kernmacht des Gegners an und zerschlug sie mit dem Einsatz aller ihm zur Verfügung stehender Waffen.

Alles Weitere ging blitzschnell.

Tekener gewann nicht nur die Schlacht, sondern vor allem das psychologische Duell mit dem ihm nicht bekannten Gegner.

Doch damit war das Spiel noch nicht zu Ende.

Die Szene wechselte.

Plötzlich hatte Tekener den Eindruck, aus dem Leerraum zwischen Andromeda und der heimatlichen Milchstraße auf die Galaxis zu sehen. Die Position der Erde und die einiger anderer wichtiger Planeten wurde durch farbige Lichter angezeigt. Riesige Flotten von Raumschiffen verteilten sich auf die verschiedenen Spiralarme der Galaxis.

„Sie haben die erste Schlacht gewonnen", erklärte eine Stimme, die aus einem Lautsprecher neben Tekener kam. „Jetzt beweisen Sie, daß Sie im galaktischen Kampf bestehen können. Zeigen Sie, ob Sie ein galaktischer Spieler sind."

Ronald Tekener ließ sich nicht anmerken, daß er über die Ausweitung des Spieles überrascht war. Niemand hatte ihm gesagt, daß der Kampf zwei Teile umfaßte. Er hatte geglaubt, bereits gewonnen zu haben.

Jetzt zeigte sich, daß sich Grosvenor so schnell nicht geschlagen gab.

Tekener erkannte, daß die Situation im Grunde genommen die gleiche war wie zuvor. Lediglich der Raum, in dem gekämpft wurde, war größer. Die Raumflotten setzten sich aus Millionen von Kampfeinheiten zusammen.

Eine derartige Schlacht war niemals in der Geschichte der Völker der Milchstraße ausgetragen worden.

Doch durch die Dimensionen änderte sich nichts.

Schon der erste Angriff des Gegenspielers zeigte, daß Tekener sich wiederum gegen die USO-Strategie behaupten mußte.

Tekener lächelte.

Sein Gegner hatte nicht erkannt, mit welchen Mitteln er ihn geschlagen hatte. Er war unbeweglich und hielt starr an dem fest, was er bei der USO gelernt hatte.

Der narbengesichtige Terraner lehnte sich im Sessel zurück, während er die ersten Angriffe abwehrte. Dann begann er das gleiche Spiel wie zuvor. Er spielte leicht und vergnügt auf der Tastatur des Computers, täuschte, wo er nur konnte, opferte ganze Flotten, um gegnerische Kräfte zu binden, und führte den anderen schließlich in eine Reihe von Fallen, bis ein Licht über der Projektion der Milchstraße aufleuchtete, das ihn als „galaktischen Spieler" und damit als Gewinner bezeichnete.

Die Projektion verschwand. Beifall brandete auf, und erst jetzt sah Tekener, daß sich über ihm auf Tribünen Tausende von Zuschauern drängten.

Serges Canti betrat den Computerraum. Er lächelte und streckte Tekener beide Hände entgegen.

„Sie haben gewonnen", rief er, und seine Stimme füllte die ganze Halle aus, so daß jeder der Zuschauer ihn verstehen konnte. „Ich gratuliere Ihnen. Niemals zuvor haben wir einen Spieler wie Sie auf Thalkat gehabt."

Er streckte den rechten Arm hoch und zeigte den Zuschauern einen Scheck.

„Noch nie hat jemand in diesem Hause soviel Geld gewonnen wie Sie. Wir gratulieren von Herzen."

Er schüttelte Tekener noch einmal die Hand, während er lachte, als freue er sich tatsächlich.

Seine Haltung änderte sich, als Tekener und er den Raum verlassen hatten. Sie waren allein auf einem Gang, der zur Hotelhalle führte.

„Ich habe Sie gewarnt", sagte er. „Es wäre besser für Sie gewesen, wenn Sie dieses Spiel verloren hätten."

„Finden Sie?" Tekener zeigte sein drohendes Lächeln.

„Ich weiß es. Heute haben Sie zum letzten Mal eines unserer Casinos betreten. Sie haben Hausverbot, Mr. Tekener."

„Einfach so?" fragte er. „Das ist nicht Ihr Ernst. Es gibt genügend Planeten, auf denen ein Hausverbot gesetzlich ausgeschlossen ist."

„Was wollen Sie denn noch?" Serges Canti war ratlos. „Vor einigen Tagen hatten Sie nur noch ein oder zwei Solar in den Taschen. Heute sind Sie achtfacher Millionär. Reicht das immer noch nicht?"

„Ich bin Spieler, und ich spiele, solange ich eine Glückssträhne habe. Die kann Sie allerdings noch etliche Millionen kosten."

„Also gut", sagte Canti. „Ich bin befugt, Ihnen drei Millionen zu bieten, falls Sie sich vertraglich verpflichten, niemals wieder eines unserer Casinos zu betreten."

Tekener lachte ihm ins Gesicht. Er nahm Canti den Scheck aus der Hand, schob den Vertreter Grosvenors zur Seite und ging durch die Hotelhalle ins Spielcasino. Die Spieler erhoben sich von ihren Plätzen und begrüßten ihn mit Beifall.

Tekener setzte sich an einen Roulettetisch.

Zwei Stunden später hatte er die Bank gesprengt. Serges Canti erklärte das Casino für geschlossen, als vor Tekener Spielmarken im Wert von fast fünfzehn Millionen lagen.

„Ich denke gar nicht daran, jetzt Schluß zu machen", rief Tekener. Er zeigte auf die Chips. „Die Bank soll mir ein Angebot machen. Ich bin bereit, um alles zu spielen, was ich heute gewonnen habe."

Serges Canti schüttelte den Kopf.

„Die Bank macht kein Angebot mehr, Mr. Tekener. Jetzt ist Schluß."

„Ich weiß etwas, was die Bank setzen könnte", sagte der narbengesichtige Terraner. „In der Hotelhalle steht eine Glasvitrine. Darin befindet sich ein Pelzmantel aus Grantinzy-Fellen. Wenn ich mich nicht irre, gilt dieser Pelzmantel als der Glücksbringer dieses Hotels. Ist es nicht in allen Hotels von Grosvenor so, daß ein Stück aus Grantinzy-Fellen Glücksbringer ist? Nun gut, Mr. Canti. Ich setze meinen gesamten Gewinn gegen diesen Pelzmantel. Die Bank soll spielen."

Einige der anderen Gäste klatschten zustimmend in die Hände. Serges Canti aber wich erbleichend vor Tekener zurück.

„Sie haben den Verstand verloren", sagte er. „Ein Grantinzy-Mantel kann niemals Einsatz sein."

Tekener stopfte sich die Chips in die Taschen und schob einem der Gäste, der besonders viel verloren hatte, Marken im Wert von mehr als hunderttausend Solar zu. Dann verließ er das Casino.

Serges Canti, der Unheil ahnte, eilte hinter ihm her. Etwa zwanzig Spieler und Spielerinnen folgten ihm.

Ronald Tekener stürmte in die Hotelhalle, ohne sich von Canti aufhalten zu lassen. Er packte einen Sessel und schleuderte ihn gegen die Vitrine. Krachen zersplitterte das Glas.

Serges Canti schrie, als sei er getroffen worden. Von allen Seiten eilten Hotelangestellte herbei.

Tekener ergriff den Pelzmantel und warf ihn sich über die Schulter. Kalt lächelnd blickte er Serges Canti an.

„Nun?“ fragte er. „Wie sieht es aus, Mr. Canti? Wagen Sie das Spiel?“

„Auf keinen Fall.“

„Nun gut“, erwiderte Tekener. „Dann starte ich noch heute zur Erde. Sie wissen, daß es in Terrania City das größte Casino der Galaxis gibt. Nirgendwo kann man mehr Geld gewinnen als dort. Wenn Sie nicht um diesen Mantel mit mir spielen, dann werde ich das Casino in Terrania City plündern. Mittlerweile sollte Ihnen klar sein, daß ich dazu in der Lage bin.“

Aus der Menge löste sich ein braunhaariger Mann und trat auf Tekener zu. Er hielt einen Energiestrahler in der Hand.

„Geben Sie mir den Mantel, Mr. Tekener“, sagte er und streckte ihm die linke Hand entgegen, während er mit der rechten auf Tekener zielte. Ein Schildchen auf seiner Brust zeigte an, daß er Melvin Scherba hieß.

Tekener spürte instinktiv, daß dies der Mann war, gegen den er den galaktischen Kampf geführt hatte. Er erkannte zugleich, daß Melvin Scherba der gefährlichste Gegner war, dem er bisher bei seinem Kampf gegen Gordon Grosvenor begegnet war. Scherbas Auftreten war das erste Anzeichen dafür, daß Grosvenor beunruhigt war. Ließ er sich aus der Reserve locken?

Tekener glaubte, überzeugende Beweise dafür gegeben zu haben, daß er ein überragender Spieler war. Wenn Gordon Grosvenor tatsächlich der leidenschaftliche Spieler war, als der er galt, dann mußte er sich herausgefordert fühlen.

Er überreichte Scherba den Mantel.

„Angesichts dieser Bedrohung muß ich wohl zurückstecken“, sagte er spöttisch. „Nun gut. Mein nächstes Spiel mache ich in Terrania City.“

„Sie werden keines unserer Casinos mehr betreten, Mr. Tekener“, antwortete Scherba. Er deutete auf die zerstörte Vitrine. „Wir können keine Gäste dulden, die derartige Gewalttaten begehen. Wir sind unseren anderen Gästen Schutz schuldig.“

Ronald Tekener zeigte sein drohendes Lächeln. Es beeindruckte selbst Scherba. Der Vertraute Grosvenors wich vor ihm zurück.

„Warten wir es ab“, sagte Tekener. „Ich spiele weiter. Das können Sie nicht verhindern. Hoffentlich gibt es Ihren Gästen zu denken, daß ein Spieler in dem Augenblick auf die Schwarze Liste kommt, in dem er Gewinne einstreicht.“

Tekener wandte sich ab und ging zum Lift. Die anderen Gäste machten ihm bereitwillig Platz.

Er zog sich in sein Appartement zurück.

Nach wie vor war er davon überzeugt, daß Gordon Grosvenor sich melden würde, um ihm ein Spiel anzubieten.

Doch er irrte sich.

Ronald Tekener wartete zwei Tage lang.

Grosvenor bot ihm nichts an. Er schien ihn zu ignorieren.

Er blieb jedoch nicht tatenlos, sondern entwickelte eine gefährliche Aktivität. Davon merkte Tekener zunächst jedoch nichts.

Ronald Tekener verließ das Hotel, um sich in Meadows ein wenig umzusehen. Von seinem Appartement aus hatte er beobachtet, daß in der Nähe des Hotels reges Treiben auf einem Markt herrschte. Dieser war in unmittelbarer Nähe des Regierungsviertels errichtet. Tekener hoffte, dort exotische Waffen vorzufinden.

Auf den Straßen vor dem Hotel herrschte starker

Verkehr. Die Bewohner von Thalkat benutzten kaum Antigravgleiter, sondern stützten sich fast ausschließlich auf Elektrokarren, deren Betrieb billiger und energiesparender war als der von Gleitern. Die Thalkater waren große, schlanke Vogelwesen. Sie hatten lange Beine und einen ovalen Körper, der mit weißen und orangefarbenen Federn bedeckt war. Der Kopf war nicht zu erkennen. Tekener wußte, daß er nur aus einer flachen Ausbuchtung bestand. Zwei Stielaugen ragten aus dem Gefieder hervor.

Die Thalkater bewegten sich mit langen, raumgreifenden Schritten voran. Ab und zu breiteten sie die Flügel bis zu ihrer vollen Spanne von etwa zwei Metern aus, um noch schneller voranzukommen oder die Körperlage zu stabilisieren.

Als Tekener auf die Straße hinaustrat, wäre er fast gefallen. Er hatte vergessen, daß die Schwerkraft auf Thalkat geringer als 1 g war. Im Hotel sorgten Schwerkraftausgleicher dafür, daß terranische Gravitationsverhältnisse herrschten. Außerhalb des Hotels mußte er sich umstellen.

Einige Springer, die ihm entgegenkamen, lachten.

„Eine Million zu gewinnen ist leichter", rief ihm einer von ihnen zu.

Tekener lächelte nur.

Ein Thalkater kam zu ihm und bot ihm einen Elektrokarren an.

„Warum nicht?" entgegnete der Terraner. „Das ist bequemer als zu laufen."

Er stieg in den offenen Karren und gab das Ziel an, nachdem er das Fahrtgeld entrichtet hatte. Er entlohnte den Thalkater weitaus reichlicher als notwendig. Das Vogelwesen dankte ihm auf überraschende Weise, nachdem er das Fahrgeld entgegengenommen hatte. Es streckte Tekener einen Arm hin, der bis dahin unter dem Flügel verborgen gewesen war.

„Wer so großzügig ist, sollte mit einem nicht weniger großzügigen Rat bedacht werden", erklärte er. „Ich rate dir, im Hotel zu bleiben."

„Nanu?" fragte Tekener belustigt. „Das ist eine seltsame Art, mir zu danken. Du lehnst meine Beförderung ab?"

„Das ist es nicht", antwortete der Thalkater. „In wenigen Minuten wird es jedoch für alle gefährlich, die draußen sind."

Tekener horchte auf.

„Was willst du damit sagen?" fragt er.

„Ich habe schon viel zuviel gesagt", erwiderte das Vogelwesen. „Verlange nicht noch mehr von mir."

Tekener überlegte kurz, dann entschied er sich dagegen, ins Hotel zurückzukehren.

„Bis zum Markt ist es nicht weit", sagte er. „Fahre mich dorthin."

Der Thalkater verzichtete auf weitere Ratschläge und startete. Der Karren beschleunigte so stark, daß Tekener in die Polster seines Sitzes gedrückt wurde. Kaum zwei Minuten später war der Terraner am Markt. Intensiver Fischgeruch schlug ihm entgegen.

„Müssen wir unbedingt hier halten?" fragte er.

„Ich fahre nicht weiter", erklärte das Vogelwesen. „Steige aus."

„Wie du willst." Der USO-Spezialist war ein wenig enttäuscht über die Haltung des Fahrers, ließ sich jedoch auf keine Diskussion ein. Während er noch versuchte, sich auf die geringe Schwerkraft einzustellen, zog der Thalkater den Karren herum und jagte davon.

Plötzlich zerriß ein ohrenbetäubender Knall die Stille. Tekener fuhr herum. Er sah Springer und Einheimische aus den Ständen und Zelten des Marktes fliehen. Über dem Regierungsgebäude, einem verschnörkelten und mit zahlreichen turmartigen Verzierungen versehenen Bau, stieg eine grüne Rauchwolke auf.

Eine Flotte von gepanzerten Gleitern raste im Tiefflug heran. Eine der Maschinen feuerte auf einen Vorbau, aus dem uniformierte Thalkater hervorkamen. Die Wachen starben in der Glut der Energiestrahlen.

Die Gleiter landeten. Springer, Terraner und Arkoniden sprangen aus den Maschinen und stürmten das Regierungsgebäude. Sie schossen auf alles, was sich ihnen in den Weg stellte.

Die Händler auf dem Markt suchten Schutz hinter ihren Ständen. Viele flüchteten blindlings in Richtung Grosvenor-Hotel.

Tekener begriff.

Gordon Grosvenor holte zum entscheidenden Schlag aus. Er wollte die Macht über Thalkat.

Weitere Gleiter nahten und landeten. Eine der Maschinen feuerte eine Rakete ab. Das Geschoß schlug weit von Tekener entfernt zwischen den Marktständen ein.

Ein Springer rannte auf Tekener zu. Er blutete aus einer Wunde an der Schulter.

„Verschwinden Sie", brüllte er ihm zu. „Machen Sie, daß Sie ins Hotel kommen. Wenn sie die Thalkater nicht schlagen, werden wir massakriert."

Er packte Tekener am Arm und riß ihn herum.

„Seien Sie vernünftig", rief er. „Das geht Sie nichts an."

„Wer sind die Angreifer?" fragte Tekener, während er neben dem Springer herlief. Sie eilten in eine Gasse, die direkt zum Hotel führte.

„Sie gehören zur Galaktischen Befreiungsfront", antwortete der Händler. Er lachte zornig. „Ausgerechnet sie sprechen von Freiheit."

Die Thalkater schlossen die Fenster. Türen fielen krachend zu. An mehreren Stellen senkten sich stählerne Schutzgitter herab.

Tekener und der Springer überquerten einen kleinen Platz, als ein Schuß fiel. Ein Energiestrahl strich dicht an dem Terraner vorbei. Der Händler schrie auf und stürzte zu Boden. Tekener sah, daß der Glutstrahl ihn durchbohrt hatte. Ihm war nicht mehr zu helfen. Er rannte weiter, schnellte sich über einen umgestürzten Elektrokarren hinweg und erreichte das Hotel. Kaum hatte er es betreten, als sich die Panzerplasttüren hinter ihm schlossen.

„Sie haben Glück gehabt", sagte ein Ara, der neben dem Eingang stand. „Wenn Sie etwas später gekommen wären, hätte man Sie nicht mehr hereingelassen."

Tekener blickte zurück. Einige Thalkater versuchten, in das Hotel zu kommen, doch die Türen öffneten sich nicht mehr.

„Sie können ihnen nicht helfen", erklärte der Ara, als der Terraner sich suchend umsah. „Die Türen werden von der Zentrale aus gesteuert, und wo die ist, wissen noch nicht einmal alle Hotelangestellten."

Tekener eilte zum Lift und fuhr in sein Appartement hoch. Er schaltete das Videogerät ein, weil er hoffte, sich über das öffentliche Fernsehen informieren zu können, doch auf dem Bildschirm erschien nur ein Pausenzeichen. Dennoch schaltete er nicht aus. Er bestellte sich etwas zu trinken und setzte sich vor das Videogerät. Hin und wieder erhob er sich, ging zu einem der Fenster und blickte hinaus. Die Straßen in der Umgebung des Hotels waren wie leergefegt. Im Regierungsviertel brannte es. Rauchwolken stiegen auf. Darüber hinaus deutete nichts darauf hin, daß in diesem Bereich der Stadt gekämpft wurde.

Als etwas mehr als eine Stunde verstrichen war, erschien plötzlich das Bild eines Arkoniden auf dem Bildschirm. Ein Teil seiner Stirn war schwärzlich verbrannt.

„Hier spricht die Galaktische Befreiungsfront", sagte

er. „Es ist gelungen. Wir haben Thalkat aus dem Einflußbereich des Solaren Imperiums befreit. Rhodans Terrorregime auf Thalkat ist zu Ende. Seine Schergen leben nicht mehr. Wir haben sie aus den Zentren der Macht vertrieben. Damit stehen wir am Beginn einer neuen geschichtlichen Epoche. Thalkat ist vollgültiges Mitglied des Galaktischen Freiheitsreichs, zu dem zu dieser Stunde siebenundzwanzig weitere Planeten in vierundzwanzig Sonnensystemen gezählt werden. Das Galaktische Freiheitsreich bildet eine Front gegen das Solare Imperium Perry Rhodans. Es ist gegründet worden, um Rhodan den Zugriff zu diesen achtundzwanzig Welten zu verwehren. Wir wollen nicht nur heute in Freiheit und Unabhängigkeit von Rhodan leben, sondern auch in Zukunft. Zur Stunde, meine Freunde, senden alle Hyperkomstationen auf den Welten des Freiheitsreichs die Nachricht in die Galaxis, daß wir uns zu einem freiheitlichen Imperium vereinigt haben. Unser Imperator sieht in diesem Schritt die einzige Möglichkeit, sich gegen die ungeheuerlichen Machtansprüche des Solaren Imperiums zu behaupten."

9.

Das Türvideogerät meldete sich. Der Bildschirm leuchtete auf, und das Gesicht eines jungen Springers zeichnete sich darauf ab.

„Was gibt es?" fragte Tekener.

„Ich muß Sie unbedingt sprechen, Mr. Tekener", sagte der Junge. „Bitte, öffnen Sie."

Tekener verstellte die Aufnahmeoptik, um sich davon zu überzeugen, daß sich außer dem Jungen niemand auf dem Flur vor dem Appartement aufhielt. Dann öffnete er. Nichts an ihm verriet, daß er unter höchster Anspannung stand und auf einen Angriff gefaßt war.

Der Springer trat ein.

„Danke, Mr. Tekener“, sagte er, als sich die Tür wieder geschlossen hatte. „Erinnern Sie sich an den Mann, dem sie die Hunderttausend geschenkt haben?“

„Allerdings“, erwiderte der Terraner, obwohl er sich nur noch dunkel an den Spieler erinnerte, dem er einen Berg Spielchips zugeschoben hatte, weil er soviel verloren hatte. „Was ist mit ihm?“

„Er ist mein Vater“, erklärte der Junge und senkte den Kopf. „Ich soll Sie zu ihm bringen. Er . . . stirbt.“

Tekener blickte den Jungen forschend an. Er glaubte ihm, daß er die Wahrheit sprach.

„Weshalb soll ich zu ihm kommen?“ fragte er.

„Er hat Ihnen etwas mitzuteilen.“

„Also gut. Gehen wir.“ Tekener öffnete die Tür und ließ dem Jungen den Vortritt. Mit dem Lift fuhren sie zwölf Stockwerke nach unten. Dann betraten sie einen Bereich des Hotels, der wesentlich weniger luxuriös war als jener, in dem Tekener wohnte.

Der Junge blieb stehen.

„Es ist das Zimmer 2436“, sagte er.

„Du willst nicht mit?“ fragte Tekener. „Warum nicht?“

„Mein Vater ist überfallen worden. Er glaubt, daß es einer von Grosvenors Leuten war. Man hat ihm das letzte Geld geraubt. Jetzt will mein Vater, daß ich mich in Sicherheit bringe.“

Der Junge drehte sich um und eilte davon. Er flüchtete in die noch offene Liftkabine und fuhr ab, bevor Tekener ihn aufhalten konnte.

Der Terraner zögerte.

Er bedauerte, daß er keine Waffe eingesteckt hatte. Jetzt fühlte er sich, als sei er in eine Falle gelaufen. Doch er kehrte nicht zu seinem Appartement zurück, sondern ging weiter. Er war sich darüber klar, daß man ihn nicht in seine Räume lassen würde, falls man ihm tatsächlich eine Falle gestellt hatte.

Die Tür zum Zimmer 2436 war offen.

Tekener sah den Springer auf dem Bett liegen. Sein Gesicht war bleich und vom nahen Tode gezeichnet.

Der Terraner betrat das Zimmer und schloß die Tür hinter sich. Der Springer schlug die Augen auf, und Tekener sah sofort, daß er wirklich im Sterben lag. Er

„Ich bin gekommen", sagte er. „Was gibt es?"

„Danke", flüsterte der Sterbende. „Ich habe schon nicht mehr damit gerechnet."

„Man hat Sie überfallen?"

„Das ist nicht ganz richtig. Ich habe versucht, Geld aus der Kasse zu nehmen. Ein wenig nur. Gerade soviel, daß es für die Heimreise reicht."

„Sie haben viel verloren?"

„Alles, was ich hatte. Mehr als eine Million. Sie hätten mir wenigstens das Geld für die Reise geben können."

„Sie haben es nicht getan. Wollen Sie es von mir?"

Der Springer schüttelte lächelnd den Kopf.

„Nein", erwiderte er so leise, daß Tekener ihn kaum verstehen konnte. „Es ist zu spät. Sie haben mir ein Messer in den Rücken gerammt. Ich trete eine andere Reise an, eine Reise, die nichts kostet."

Der Springer griff nach der Hand Tekeners.

„Sie waren freundlich zu mir", sagte er. „Deshalb möchte ich Ihnen einen Gefallen tun. Vielleicht können Sie etwas damit anfangen."

Er verstummte. Seine Kräfte erlahmten. Er schloß die Augen, und für einen kurzen Moment schien es, als sei schon alles Leben aus ihm gewichen. Dann schlug er die Augen wieder auf und blickte Tekener an.

„Ich habe etwas entdeckt", flüsterte er und winkte den Terraner zu sich heran. „Für mich ist diese Information wertlos geworden, aber nicht für Sie."

„Reden Sie", bat Tekener drängend. Er fürchtete, daß der Springer starb, bevor er sein Geheimnis preisgeben konnte.

„Grosvenor ist tot", sagte der Springer. „Er lebt seit über einem Jahr nicht mehr."

„Das kann nicht sein", erwiderte der USO-Spezialist. „Wissen Sie, was Sie da sagen?"

„Ich weiß es genau", beteuerte der Sterbende. „Grosvenor ist tot. Ich habe seine Leiche gesehen. Einer seiner Manager gibt sich für ihn aus. Das ist auch der Grund dafür, daß man Grosvenor schon lange nicht mehr in der Öffentlichkeit gesehen hat."

„Ist das wirklich wahr?"

„Ein Sterbender lügt nicht", entgegnete der Springer. „Es ist wahr. Hier im Hotel könnten Sie den Beweis finden, wenn Grosvenors Nachfolger nicht dafür gesorgt hätte, daß niemand bei ihm eindringen kann. Ich habe es versucht."

Der Springer lächelte.

„Einige hundert Male war ich bei solchen Versuchen erfolgreich. Hier im Hotel war es unmöglich . . ."

Seine Stimme erstarb. Der Kopf sank zur Seite.

„Wo ist die Zentrale?" fragte Tekener. „Wo haben Sie es versucht?"

„Unter uns", erwiderte der Springer. Das waren seine letzten Worte. Er starb.

Tekener erhob sich und verließ das Zimmer.

Er hatte das Gefühl, vor einem Nichts zu stehen.

Grosvenor lebte nicht mehr. Der Unbekannte, der die Rolle Grosvenors spielte, hatte den entscheidenden Schritt zur Macht getan und sich zum Imperator erhoben. Damit hatte er sich der strafrechtlichen Verfolgung durch terranische Organisationen entzogen.

Die Nachrichten, die in den nächsten Stunden einliefen, bestätigten die Befürchtungen Tekeners.

Das Galaktische Freiheitsreich wurde von der Mehrheit der galaktischen Völker politisch anerkannt. Die Völker der Galaxis schienen sich förmlich darum zu reißen, dem neuen Machtgebilde den Mantel der Legalität umzuhängen und damit zu unterstreichen, daß sie jede gegen das Solare Imperium gerichtete Initiative begrüßten. Dabei schien es niemand für nötig anzusehen, sich über die Hintergründe des Ereignisses zu informieren. Niemand schien sich dafür zu interessieren, daß die „Revolution" eine Reihe von Regierungen beseitigt hatte, die kurz zuvor noch in hohem Ansehen gestanden hatten. Niemand schien zu sehen, daß Gordon Grosvenor ein Mann war, der keine Rücksicht kannte und mit seiner wirtschaftlichen Macht vielen Völkern seinen Willen aufzwang. Die gegen das Solare Imperium gerichtete Propaganda des Galaktischen Freiheitsreichs nutzte den Neid, die Mißgunst, das Mißtrauen und die Furcht vieler Völker und rief dazu auf, weitere Machtgebilde wie das Galaktische Freiheitsreich zu bilden, um ein Wiedererstarken des Solaren Imperiums zu verhindern. Sie unterstellte den Terranern bedingungslosen Eroberungswillen und ein galaxisweites Machtstreben.

Ronald Tekener schaltete das Videogerät aus, nachdem er die Propaganda und die Nachrichtenflut einige Stunden lang über sich hatte ergehen lassen.

Immer wieder fragte er sich, ob es noch eine Möglichkeit gab, jenen Mann aufzuhalten, der sich unter dem Namen Gordon Grosvenor verbarg.

Er dachte an Okta und den Meister des Schwertes, und er zweifelte nicht daran, daß der Imperator des Freiheitsreichs die Planeten seines Imperiums ebenso gnadenlos ausbeuten würde wie Okta. Ihm war klar, daß dieser Imperator sein Reich früher oder später ausdehnen würde. Das Rezept dafür war relativ einfach. Es genügte, auf den angestrebten Welten sogenannte Befreiungskommandos aufzustellen und sie zum Kampf gegen die Regierung antreten zu lassen.

Auf diese Weise ließen sich zahlreiche Welten von innen her aufbrechen und unterwerfen. Dabei genügte es, die Regierung für einige Stunden zu entmachten. Während dieser Zeit hatte die Raumflotte des Freiheitsreichs die Möglichkeit, auf der betreffenden Welt zu landen und dem „Befreiungskommando" militärische Hilfe zu leisten. Danach folgte eine „Säuberungsaktion", und Grosvenors Propagandaabteilung erledigte den Rest. Die meisten Völker der Galaxis waren gegen derartige Angriffsaktionen nicht gerüstet. Da es auf zahllosen Planeten Grosvenor-Hotels gab, hatten die neuen Machthaber es leicht, herauszufinden, welche mit dem geringsten Aufwand übernommen werden konnten. Überall hatte der neue Imperator Informationsquellen. Es kam nur darauf an, sie richtig auszuwerten.

Tekener fühlte sich hilflos.

Er sah die Entwicklung voraus, wußte aber nicht, was er dagegen tun konnte. Er zweifelte daran, daß er allein den Imperator aufhalten konnte.

Der Sterbende hatte ihm mitgeteilt, daß er sich in unmittelbarer Nähe des neuen Machtzentrums befand. Der Mann, der sich unter dem Namen Grosvenor verbarg, hielt sich in diesem Hotel auf.

Tekener fragte sich, wie er diese Tatsache nutzen konnte.

Er begann damit, nach bewährtem USO-Muster einen gegen den Grosvenor-Imperator gerichteten Konterplan zu erstellen. An den Anfang setzte er das Stichwort: *Information.*

Daraus leitete er weitere Schritte ab. Je weiter er jedoch kam, desto deutlicher wurde, daß jede weitere

Aktion von den Informationen abhing, die er über den Imperator einholen mußte.

Schließlich erhob er sich.

Ihm blieb keine andere Wahl. Er mußte in die Imperiumszentrale einbrechen, um sich die Informationen von dort zu holen. Nur so konnte er hoffen, eine wirksame Waffe gegen den Grosvenor-Doppelgänger zu finden.

Dazu benötigte er jedoch eine Ausrüstung. Ohne Hilfsmittel in die Zentrale vorzudringen, wäre aussichtslos gewesen.

Thalkat war kein bedeutender Planet, gehörte aber zu jenen Welten, die von der USO als beobachtungswert eingestuft worden waren. Das bedeutete, daß sich auf Thalkat wenigstens ein USO-Spezialist befand, der über eine umfangreiche Ausrüstung verfügte. Spezialisten dieser Art waren als *Schläfer* eingesetzt. Das bedeutete, daß sie so lange auf jegliche Aktivität verzichteten, bis irgend etwas auf ihrer Welt geschah, was ihren Einsatz erforderte.

Grosvenor hatte Thalkat an sich gerissen und seinem Imperium einverleibt. Das war ein Ereignis, das den *Schläfer* aus seiner Reserve locken konnte. Tekener rechnete jedoch damit, daß der *Schläfer* weiterhin passiv bleiben würde, weil er den Befehl dazu von der USO erhalten hatte. Atlan wußte, daß Tekener auf Thalkat war. Das konnte ein Grund für ihn sein, den *Schläfer* zurückzuhalten, um so Tekeners Chancen zu verbessern.

Atlan wußte, daß der narbengesichtige Spezialist eine Ausrüstung benötigte und daß er sich diese nur von dem *Schläfer* besorgen konnte. Daher konnte der *Schläfer* angewiesen worden sein, abzuwarten.

Tekener verließ das Hotel. Ein Thalkater fuhr ihn mit einem Elektrokarren zu einer Einkaufsstraße. Hier herrschte ein geschäftiges Treiben. Nichts deutete darauf hin, daß sich die politischen Verhältnisse grundlegend geändert hatte.

Er betrat ein Geschäft für positronische Unterhaltungsgeräte. Es war reich mit Waren ausgestattet. Zahlreiche Kunden ließen sich die Neuigkeiten vorführen. Tekener fiel nicht auf.

Nachdem er sich verschiedene Video- und Musikanlagen angesehen hatte, befaßte er sich mit einem Hochleistungsfunkgerät, das sogar einem Amateur eine Verständigungsmöglichkeit über interplanetarische Entfernungen erlaubte. Nachdem er sich vergewissert hatte, daß er nicht beobachtet wurde, tippte er eine USO-Frequenz ein und strahlte einige Sekunden lang ein Signal ab. Dann löschte er den Befehl und wandte sich anderen Geräten zu, um auch hier das eine oder das andere auszuprobieren. Schließlich trat er wieder auf die Straße hinaus und ging weiter, bis er ein Restaurant fand. Hier setzte er sich an einen Tisch und ließ sich etwas zu trinken reichen. Ein jugendlicher Arkonide bediente ihn, nachdem er ihn auf die ungewöhnlich hohen Preise aufmerksam gemacht hatte.

„Wir haben keine Robotbedienung", sagte der Junge. „Das muß bezahlt werden."

„Deshalb bin ich hier", erwiderte Tekener.

Er wartete ab. Als etwa eine halbe Stunde verstrichen war, leuchtete ein Licht an seinem Armbandfunkgerät auf. Er schaltete das Gerät ein und nannte den Code, den Lordadmiral Atlan ihm für diesen Einsatz zugeteilt hatte.

„In Ordnung", antwortete eine tiefe Stimme und beschrieb ihm einen Platz in der Nähe, an dem er sich einfinden sollte.

Tekener bezahlte und verließ das Restaurant. Wenige Minuten später hatte er sein Ziel erreicht. Er befand sich auf einem Platz, auf dem mehrere Thalkater mit Desintegratormessern einen Felsblock bearbeiteten.

Sie schälten das Bildnis mehrerer miteinander kämpfender Vogelwesen aus dem Gestein.

Tekener schaltete das Funkgerät wieder ein.

„In Ordnung“, ertönte die Stimme. „Ich sehe Sie. Sie sind mir beschrieben worden.“

Der Unbekannte bezeichnete Tekener ein Haus, das auf der anderen Seite des Platzes lag. Er umrundete den Platz, um nicht unnötig aufzufallen, und betrat das Haus. Er ging durch einen dunklen Flur in ein Zimmer. Feuchte Luft schlug ihm entgegen. Verblüfft blickte der Terraner auf den USO-Spezialisten, der als *Schläfer* auf Thalkat fungierte.

Er kauerte in der Mitte des Zimmers im Morast. Er sah aus wie ein Frosch. Seine Haut war grün und gelb gefleckt und glänzte vor Feuchtigkeit. Er war etwa anderthalb Meter lang und einen halben Meter hoch. Der Kopf war breit. Die Augen quollen weit vor. Unter der Kinnlade wucherte ein blauer Bart. Dickfleischige Pflanzen umgaben den Morast, in dem der USO-Spezialist ruhte.

„Ich sehe, Sie sind überrascht“, sagte er mit abgrundtiefer Stimme. „Das befriedigt mich, zeigt es mir doch, daß ich relativ sicher vor Entdeckung bin.“

Das Froschwesen bewies Tekener, daß es tatsächlich ein USO-Spezialist war, bevor es dazu überging, mit dem Terraner die anstehenden Probleme zu besprechen. Danach stellten sie die Ausrüstung zusammen, die Tekener benötigte.

„Gehen Sie in einige Geschäfte, und kaufen Sie ein“, riet ihm der Frosch danach. „Lassen Sie sich alles ins Hotel schicken. Ich werde Ihnen auch die Ausrüstung senden. Niemand wird Verdacht schöpfen. Sie haben viel Geld gewonnen. Da ist es nur natürlich, daß Sie es auch ausgeben wollen.“

„Beeilen Sie sich“, bat Tekener.

„Sie können sich auf mich verlassen.“

„Danke", sagte der Terraner. Er hob grüßend eine Hand. „Und schlafen Sie ruhig weiter."

Kein Lift hielt im dreiundzwanzigsten Stockwerk des Grosvenor-Hotels. Das war für Tekener eine Bestätigung dafür, daß sich die Machtzentrale des Galaktischen Freiheitsreichs tatsächlich auf dieser Etage befand.

Mühelos verschaffte sich der USO-Spezialist den Belegungsplan der vierundzwanzigsten Etage und drang in ein unbesetztes Zimmer ein. Er brachte einige Horchgeräte an den Wänden und am Fußboden an, schloß sie an ein Aufzeichnungsgerät an und schaltete ein. Ein schrilles Pfeifen drang aus den Lautsprechern.

Tekener ortete die unter ihm angebrachten Störsender, die ein Abhorchen unmöglich machen sollten. Er setzte einen positronischen Mikroprozessor ein, mit dem er die Störsender neutralisieren wollte, doch das Gerät versagte. Es war nicht in der Lage, die Impulsfolgen vorherzuberechnen.

Tekener erkannte, daß er es mit der modernsten Abwehranlage zu tun hatte, die es zur Zeit gab.

Er war nicht sonderlich überrascht, da er mit derartigen Schwierigkeiten gerechnet hatte. Der Imperator des Freiheitsreichs war kein leichtfertiger Mann.

Ronald Tekener untersuchte den Fußboden nun mit einer Reihe von positronischen Geräten. Er hoffte, den Boden mit einem Desintegratornadler durchbohren zu können. Durch die dann entstehende winzige Öffnung wollte er eine Sonde nach unten lassen. Doch schon bald stellte er fest, daß der Grosvenor-Doppelgänger sich auch gegen derartige Versuche abgesichert hatte. Er ortete ein Lasernetz im Boden, das als Abwehrschirm wirkte. Zwischen den Laserstrahlen bestanden Magnetfelder, die er nicht durchstoßen konnte, ohne Alarm auszulösen.

Auch jetzt gab der USO-Spezialist noch nicht auf.

Er versuchte, einen Laserschirm in den Boden zu bringen, mit dem er einen Abfall der Magnetfelder verhindern konnte. Jetzt zeigte sich jedoch, daß der Grosvenor-Doppelgänger auch mit einem derartigen Angriff gerechnet hatte. Jenseits des Lasernetzes befanden sich Sensoren, die auf einen derartigen Laserschirm reagierten. Tekener ortete sie, bevor sie einen Alarm auslösen konnten.

Damit waren seine Versuche endgültig gescheitert, Abhörgeräte anzubringen.

Tekener packte seine Geräte ein und verließ das Zimmer. Er kehrte in sein Appartement zurück, um einen anderen Plan zu erarbeiten. Er war kaum wieder in seinen Räumen, als Melvin Scherba erschien. Tekener schätzte ihn mittlerweile als gefährlichsten Gegner ein. Er war überzeugt davon, daß Scherba ein ehemaliger USO-Spezialist war, der die Arbeitsmethoden der USO kannte und auf jeden Trick vorbereitet war.

Scherba hielt sich nicht lange auf.

„Ich habe den Auftrag, Ihnen mitzuteilen, daß die Liniendienste wieder aufgenommen werden, Mr. Tekener", sagte er freundlich. „Sie können Thalkat bereits morgen verlassen und mit einem Linienraumer zur Erde fliegen."

„Das kommt mir gelegen", entgegnete der USO-Spezialist. Er lächelte spöttisch. „Es zieht mich mit aller Kraft zum Spielcasino in Terrania City."

„Hoffentlich ist es Ihnen nicht unangenehm, wenn man Ihnen schon auf dem Parkplatz des Casinos sagt, daß Sie es nicht betreten dürfen."

„Ich glaube nicht."

„Sie sollen wissen, daß wir es ernst meinen, Mr. Tekener." Scherba zog eine beschriftete Folie aus der Tasche und legte sie auf den Tisch. „Ihnen ist bekannt, daß

Thalkat eine neue Regierung hat. Der Planet gehört jetzt zum Galaktischen Freiheitsreich. Daher können wir nicht mehr in gleicher Weise über das Geld verfügen, das auf den hiesigen Banken liegt, wie zuvor. Wir werden uns jedoch bemühen, Ihr Geld auf eines Ihrer Konten bei einer terranischen Bank zu überweisen, wenn Sie diesen Vertrag unterschreiben. Darin verpflichten Sie sich, niemals wieder ein Grosvenor-Casino zu betreten."

Tekener zögerte keine Sekunde. Er war sich darüber klar, daß er nicht so ohne weiteres auf die Millionen verzichten durfte, die er gewonnen hatte. Er unterzeichnete den Vertrag.

„Ich hatte gehofft, Sie würden mir eine Chance geben, das Geld auch wieder zu verlieren", sagte er lächelnd, doch Scherba ging nicht auf den Scherz ein.

Tekener schrieb die Kontobezeichnung auf den Vertrag und gab ihn an Scherba zurück.

„Sie haben eine seltsame Narbe am Hals, Mr. Scherba", sagte er. „Verraten Sie mir, woher Sie sie haben?"

Der Helfer Grosvenors verzog keine Miene. Wortlos ging er über die Bemerkung Tekeners hinweg und verließ das Zimmer. Tekener lächelte. Er wußte, woher Scherba die Narbe hatte. Der Meister des Schwertes hatte ihm gesagt, daß Arantrat, der Hüter des Schwertes, versucht hatte, einen Terraner zu töten. Er war an einer Panzerung gescheitert, die dieser Terraner angelegt hatte. Später hatte Arantrat sich bei Goras beschwert, weil er der Ansicht war, das Schwert hätte schärfer sein müssen.

Zehn Minuten verstrichen. Dann erhielt Tekener über Video Bescheid, daß sein Geld nach Terrania City überwiesen und dort auf seinem Konto verzeichnet worden war.

Tekener buchte den Rückflug zur Erde für den nächsten Tag, nachdem er festgestellt hatte, daß ein Revolutionskommando sein Raumschiff beschlagnahmt hatte.

Er verließ das Hotel, um sich einige Ausrüstungsgegenstände zu besorgen, die er für seine nächsten Schritte benötigte. Inzwischen war alles eingetroffen, was er eingekauft und vom *Schläfer* angefordert hatte.

Tekener war bereit, den nächsten Angriff auf die Machtzentrale des Galaktischen Freiheitsreichs vorzutragen.

10.

Tekener öffnete die Tür zum Liftschacht, indem er die positronische Sicherung mit einem Impulsgerät entriegelte. Die Tür glitt zur Seite. Vor ihm lag der offene Schacht. Die Liftkabine befand sich so tief unter ihm, daß er sie nicht sehen konnte. Sie wurde mit Hilfe eines Antigravitators bewegt, hing aber an einem stählernen Sicherheitsseil. An dem Seil sah Tekener, daß die Kabine mit atemberaubender Geschwindigkeit in die Tiefe stürzte.

Er wartete, bis das Seil stillstand. Dann sprang er nach vorn. Er trug klobig aussehende Handschuhe aus einem hitzebeständigen Kunststoff. Er klammerte sich mit beiden Händen an das Seil. Während sich die Tür hinter ihm wieder schloß, fiel er am Seil entlang. Er sicherte sich mit beiden Händen.

Eine Lampe, die er über der Stirn befestigt hatte, beleuchtete die Schachtwand. An der Innenseite der Türen zeigten Zahlen die Stockwerke an. Als er sich dem dreiundzwanzigsten Stockwerk näherte, preßte er die Hände zusammen. Ein Stahlschloß schnappte ein und zog die Hände fest zusammen. Das Kunststoffmaterial leuchtete auf. Es schien zu brennen. Doch das war nicht der Fall. Es veränderte seine chemische Struktur und bremste Tekener ab.

An der Tür zum vierundzwanzigsten Stockwerk endete der Sturz. Tekener zog die Hände aus den Handschuhen und hangelte sich nach unten. Ihm blieben nur Sekunden. Wenn die Liftkabine nach oben stieg, war es zu spät, und er mußte den Versuch abbrechen.

Er preßte ein winziges Horchgerät an die Lifttür zum dreiundzwanzigsten Stockwerk. Hier behinderte ihn kein Störschirm. Er stellte fest, daß sich niemand auf dem Flur hinter der Tür aufhielt. Er hörte weder Schritte noch Atemgeräusche. Mit Hilfe des positronischen Impulsgebers öffnete er die Lifttür und trat auf den Flur hinaus. Im gleichen Augenblick setzte sich der Lift in Bewegung. Er stieg auf.

Tekener schloß die Tür und eilte über den Flur.

Die Anordnung der Räume war hier ähnlich wie auf dem Stockwerk, in dem Tekener das Appartement hatte. Der Liftturm befand sich in der Mitte. Von hier aus mußte er zu den Räumen vordringen, von denen aus das Galaktische Freiheitsreich gelenkt wurde.

Tekener ging davon aus, daß die Raumaufteilung jener auf seinem Stockwerk entsprach. Daher wandte er sich nach rechts. Er wollte den Liftturm umrunden. Als er sich der Ecke näherte, hörte er Stimmen. Er fuhr herum und rannte den Gang zurück, um den Liftturm in anderer Richtung zu umgehen.

Als er um die Ecke bog, sah er Maude Sharpe. Das Mädchen ging einige Schritte vor ihm. Sie führte ein Videogespräch über ihr Armbandgerät und achtete nicht auf das, was um sie herum geschah.

Tekener blieb stehen. Er atmete flach und ruhig, um so wenig Geräusche wie möglich zu verursachen. Er wußte, daß er verloren war, wenn das Mädchen sich umdrehte.

Doch Maude Sharpe merkte nichts. Sie verschwand hinter der nächsten Ecke und betrat eines der Zimmer.

Tekener hörte, wie die Tür ging. Er eilte weiter und blickte vorsichtig um die Ecke. Ein leerer Gang lag vor ihm. Von ihm gingen drei Türen ab. Tekener vermutete, daß hier die größten Räume lagen. Zugleich war er davon überzeugt, daß der Imperator einen dieser Räume für sich beanspruchte.

Wiederum hörte er, daß sich ihm Stimmen näherten. Ihm blieb keine andere Wahl. Er mußte weitergehen. Doch schon wenig später hörte er, daß ihm auch aus der entgegengesetzten Richtung jemand entgegenkam.

Ihm blieb keine andere Wahl. Er mußte einen der Räume betreten. Er entschloß sich, die nächste Tür zu öffnen. Dahinter lag ein kleiner, mit technischen Geräten gefüllter Raum. Niemand hielt sich darin auf. Tekener zog die Tür hinter sich zu.

Er stellte fest, daß einige der Geräte nur hier aufbewahrt wurden, während zwei kleinere Computer in Betrieb waren. Er blickte in einige Schränke. Schriftliche Dokumente aller Art lagen in ihnen. Während er sie noch durchblätterte, öffnete sich die Tür hinter ihm. Er fuhr herum.

Maude Sharpe stand in der Tür, blickte jedoch nicht zu ihm herein, sondern nach draußen zum Flur.

„Widerstand dulden wir nicht", sagte sie zu jemandem, der sich dort aufhielt. „Wenn sich das Gremium nicht unserem Willen beugt, greifen wir mit aller Härte durch."

„Heißt das – mit Waffengewalt?" fragte ihr Gesprächspartner. Tekener erkannte die Stimme von Melvin Scherba.

Er stieg in einen Schrank und zog die Tür hinter sich zu. Er konnte sie nicht ganz schließen, da sie innen keinen Griff hatte. Durch den verbleibenden Spalt sah er das Mädchen. Es betrat den Raum und ging zu einem der Computer. Sie tippte einige Zahlen ein und forderte eine Reihe von Daten ab, die für Tekener ohne Aussage waren. Dann ging sie zu dem Schrank neben Tekener und nahm einige Papiere heraus. Tekener richtete den winzigen Paralysator auf sie, den er bis dahin im Ärmel verborgen gehabt hatte.

Es schien, als wolle sie auch die Tür öffnen, hinter der er stand. Doch jetzt betrat Melvin Scherba den Raum.

„Es geht los“, sagte er. „Kommen Sie.“

Zusammen mit dem Mädchen ging er hinaus.

Tekener verließ sein Versteck und wandte sich den Computern zu. Er brauchte nur wenige Minuten, bis er wußte, wie er ihm wichtige Informationen entnehmen konnte. Bevor er jedoch damit begann, wollte er wissen, was Melvin Scherba gemeint hatte. Er hörte, daß sich im Nebenraum mehrere Personen aufhielten. Daher untersuchte er die trennende Wand. Er stellte fest, daß sie keinerlei Abhörsicherungen enthielt. Daher setzte er den Desintegratornadler an und bohrte ein winziges Loch durch die Wand. Danach schob er eine Lasersonde durch die Öffnung und schloß sie an sein Armbandvideo an. Auf dem Bildschirm an seinem Handgelenk erschien das Bild des benachbarten Raumes.

Tekener sah zehn Männer und fünf Frauen an den Schmalseiten eines langen Tisches sitzen. Der Platz an der Stirnseite war noch frei. Tekener zweifelte nicht daran, daß er dem Imperator des Galaktischen Freiheitsreichs vorbehalten war. Von den Männern und Frauen am Tisch kannte er nur Melvin Scherba und Maude Sharpe. Alles waren Terraner.

Melvin Scherba sprach. Er faßte die Ereignisse der letzten Tage zusammen und schilderte, wie der Widerstand gebrochen wurde, der auf einigen Welten gegen das neue Imperium geleistet worden war.

Der USO-Spezialist blickte zu den Computern hinüber. Er konnte es sich nicht leisten, die gesamte Konferenz zu verfolgen und später an den Computern zu arbeiten. Er mußte beides gleichzeitig erledigen. Er löste das Videogerät von seinem Arm und schloß es an ein winziges Aufzeichnungsgerät an, das er an seinem Gürtel trug. Dieses Aufzeichnungsgerät hatte er ursprünglich mitgenommen, um damit Computer anzapfen zu können.

Dann wandte er sich den Dokumenten in den Schränken zu. Er blickte sie durch und fotografierte, was er für wichtig hielt. Als er den Vertrag entdeckte, in dem er sich verpflichtet hatte, die Grosvenor-Casinos nicht mehr zu betreten, steckte er ihn lächelnd ein.

Als er etwa zehn Minuten lang an den Dokumenten gearbeitet hatte, glaubte er genügend Informationen aus ihnen gewonnen zu haben. Er setzte sich an einen der Computer und tippte einige Fragen ein. Sie bezogen sich auf Gordon Grosvenor und seinen Nachfolger, auf Melvin Scherba, Maude Sharpe, die verschiedenen Imperiumswelten, Okta und die Mitarbeiter Grosvenors, die aus dem Bereich der USO und der SolAb stammten.

Die Antworten waren enttäuschend und bei weitem nicht so informativ wie die Durchsicht der Dokumente. Immerhin erfuhr Tekener, daß nur vier Helfer Grosvenors früher für einige Zeit bei der USO oder der SolAb gewesen waren. Dazu gehörte Melvin Scherba. Er war USO-Spezialist gewesen, war jedoch von der USO entlassen worden. Der Grund dafür wurde nicht ausgewiesen. Überraschend war für Tekener, daß Maude Sharpe SolAb-Agentin gewesen war und sogar einen hohen Rang bekleidet hatte. Informationen darüber, weshalb sie ausgeschieden war, lagen nicht vor.

Tekener merkte, daß es im Konferenzraum unruhig wurde. Er fuhr auf. Ein Blick auf sein Chronometer zeigte ihm, daß mehr als zwei Stunden verstrichen waren. Damit hatte er die Zeit, die er für den Einsatz kalkuliert hatte, weit überschritten.

Er beseitigte alle Spuren, die er hinterlassen hatte, nahm das Video- und das Aufzeichnungsgerät an sich und verließ den Informationsraum. Lautes Stimmengewirr verriet, daß die Konferenzteilnehmer sich von ihren Plätzen erhoben und den Raum verlassen wollten. Tekener eilte über den Flur. Als er die nächste Ekke erreichte, öffnete sich die Tür des Konferenzraums. Mehrere Männer und Frauen kamen heraus.

Der Terraner eilte weiter. Er erreichte die Lifttür. Stimmen näherten sich ihm. Er setzte den Impulsgeber an. Die Tür öffnete sich. Er sprang in den Schacht und klammerte sich an das Sicherungsseil. Die Lifttür schloß sich.

Tekener atmete auf.

Er hatte Glück gehabt. Während seines Sprunges war er sich nicht darüber klar gewesen, ob sich der Lift im Schacht bewegte oder nicht. Erst als er das Drahtseil berührt hatte, war er sicher gewesen, daß keine Gefahr bestand.

In aller Eile holte er aus einer Tasche, die er am Gürtel trug, zwei Kunststoffhandschuhe. Er streifte sie über und befestigte einen am Seil. Dann zog er Klammern aus den Sohlen seiner Stiefel und legte sie ebenfalls um das Seil. Kaum hatte er das getan, als das Seil anruckte. Die Liftkabine schoß mit rasender Beschleunigung in die Höhe. Er hatte das Gefühl, daß ihm die Arme aus den Gelenken gerissen wurden. Er schrie schmerzerfüllt auf und klammerte sich mit aller Kraft fest.

Glücklicherweise stieg die Liftkabine nur einige Stockwerke hoch. Dann blieb sie stehen. Tekener neigte sich zur Seite und preßte den Impulsgeber gegen die Lifttür neben sich. Sie öffnete sich. Er löste die Stiefelklammern vom Seil und sprang aus dem Schacht.

Vor ihm stand eine ältere Frau, die ihn verblüfft anblickte.

„Warten Sie lieber, bis der Lift kommt“, sagte er lächelnd. „Das ist bequemer für Sie.“

Er ging an ihr vorbei und eilte über den Flur davon.

Als Ronald Tekener dabei war, die nun überflüssig gewordene Spezialausrüstung zu vernichten, klopfte es ans Fenster.

Der Terraner fuhr herum. Zu keiner Zeit seines Einsatzes erschrak er derart wie in diesem Augenblick. Dann aber sah er, daß ein junger Thalkater auf dem schmalen Sims vor seinem Fenster kauerte. Aus dem Gefieder streckte sich ihm eine winzige Hand entgegen, die einen metallisch schimmernden Streifen hielt.

Tekener konnte das Fenster nicht öffnen. Daher schnitt er mit dem Desintegratornadler ein kleines Loch in das Glas. Das Vogelwesen schob den Streifen hindurch, winkte ihm zu und ließ sich fallen. Es breitete die Flügel aus und segelte in weitem Bogen in die Tiefe.

Tekener schüttelte verblüfft den Kopf. Vorher hatte er nicht einen einzigen Thalkater fliegen gesehen. Er hatte nicht einmal gewußt, daß sie fliegen konnten.

Er verschloß das Loch im Glas mit einem Klebestreifen. Dann schob er das Magnetband in sein Armvideo. Der Bildschirm erhellte sich. Das breite Gesicht des Froschwesens zeichnete sich darauf ab.

„Ich will mich kurz fassen“, sagte der *Schläfer* mit abgrundtiefer Stimme. „Die Sicherheitskräfte des neuen Reiches haben bemerkt, daß sie Besuch hatten. Man ist hellwach geworden. Alle Reisenden werden genau durchsucht. Man ist rücksichtslos und setzt sich über alle Proteste hinweg. Das eben ist der Unterschied. Vorher ging es gegen einen Privatmann, jetzt gegen einen Staat.“

Damit endete die Botschaft, doch sie genügte Tekener. Er hatte verstanden. Der neue Imperator wußte nicht, wer die Machtzentrale durchsucht hatte, aber er hatte bemerkt, daß jemand dagewesen war.

Siedendheiß wurde Tekener sich dessen bewußt, daß er einen schweren Fehler gemacht hatte, als er den Vertrag mitgenommen hatte, der die Casinobesuche betraf. Sobald der Imperator des Freiheitsreichs entdeckte, daß dieser Vertrag fehlte, wußte er, wer bei ihm eingebrochen hatte.

Tekener blickte auf sein Chronometer.

Der neue Tag war angebrochen. In vier Stunden startete das Linienraumschiff, das ihn zur Erde bringen sollte. Vier Stunden blieben dem Imperator noch.

Tekener vernichtete nun mit einem breitgefächerten Desintegratorstrahl, was ihn verraten konnte. Am Ende blieben nur noch ein Fotostreifen und die Aufzeichnung von der Konferenz. Auf die Fotos von den Dokumenten konnte er auf keinen Fall verzichten. Sie lieferten ihm die Waffen, die er für den Sturz des Galaktischen Freiheitsimperiums benötigte. Die Aufzeichnung der Konferenz war dagegen nicht ganz so wichtig. Doch er wollte sie nicht beseitigen, ohne sie zunächst gesehen zu haben.

Er schloß das Aufzeichnungsgerät an sein Armbandvideo an und ließ den Film ablaufen. Die Männer und Frauen am Tisch diskutierten eine Reihe von organisatorischen Fragen, die für ihn von untergeordneter Bedeutung waren. Da Tekener unter Zeitdruck stand, wollte er das Band schon stoppen, als Melvin Scherba plötzlich sagte:

„Wir sind jetzt an einem Punkt angekommen, an dem Gordon Grosvenor nicht länger vor der Öffentlichkeit verborgen leben darf. Er ist der Imperator des Galaktischen Freiheitsreichs. Seine Macht kann er nur erhalten, wenn er vor die Öffentlichkeit tritt und sich zu erkennen gibt."

Mehrere Männer und Frauen nickten zustimmend.

Maude Sharpe erhob sich.

„Sie haben recht", entgegnete sie. „Es ist an der Zeit, die Maske fallen zu lassen."

Sie ging zum Ende des Tisches und setzte sich in den freien Prunksessel, der dem Imperator vorbehalten war. Die anderen sprangen erregt auf.

„Haben Sie den Verstand verloren, Maude?" rief einer. „Dafür wird Grosvenor Sie umbringen."

Kein Muskel zuckte in ihrem Gesicht. Ihre grünen Augen schienen aufzuglühen.

„Gordon Grosvenor ist seit mehr als einem Jahr tot", erklärte sie. „Seit dieser Zeit bin ich Gordon Grosvenor. Alle Befehle, die Sie seitdem bekommen haben, kamen von mir."

„Maude, wie können Sie so reden", sagte Scherba stammelnd. „Ich habe oft genug mit Grosvenor gesprochen. Ich kenne seine Stimme."

Sie griff in eine Tasche, nahm ein blitzendes Oval daraus hervor und schob es sich in den Mund.

„Ich weiß", sagte sie mit markanter männlicher Stimme. „Mit Positronik läßt sich so gut wie alles erreichen. Das sollten Sie doch am besten wissen, Melvin."

Sie nahm die Kapsel wieder aus dem Mund und ließ sie in der Tasche verschwinden. Gelassen lehnte sie sich zurück.

„Ich bin sicher, daß jeder von Ihnen mir auch unter diesen Umständen die Treue halten wird", fuhr sie fort. „Wer jedoch ausscheiden will, soll es sagen."

„Für mich hat sich nichts geändert", erwiderte Melvin Scherba. Er lächelte flüchtig. „Ich bin ein wenig überrascht. Das ist alles. Ansonsten geht alles weiter wie bisher."

Einer nach dem anderen bestätigte, daß er auch weiterhin mit dem Mädchen zusammenarbeiten wollte. Tekener verfolgte jedoch nicht mehr die Aussagen aller, da der Film plötzlich endete. Jetzt wußte er, was die

Unruhe im Konferenzraum ausgelöst hatte, die ihm das Ende der Besprechung angezeigt hatte.

Er vernichtete die Aufzeichnung und ließ den Staub, der davon blieb, im Müllschacht verschwinden. Er war nicht weniger überrascht, als Scherba es gewesen war. Zu keiner Zeit hatte er vermutet, daß Maude Sharpe die Rolle Grosvenors übernommen hatte. Er hatte an jemanden aus dem Kreis der höchsten Manager des Konzerns gedacht, den er bisher noch nicht gesehen hatte. Die Männer und Frauen im Konferenzraum gehörten nicht zur Verwaltungsspitze des wirtschaftlichen Konzerns.

Tekener legte den Fotostreifen in eine Plastikschachtel und schluckte sie herunter. Er hoffte, daß man ihn am Raumhafen nicht radioaktiv bestrahlte, um auf diese Weise verborgene Fotos zu vernichten.

Er bezahlte einige noch ausstehende Posten und verließ das Hotel.

Zwei Stunden blieben ihm noch bis zum Start.

Tekener mietete einen Elektrokarren und ließ sich von einem Thalkater zum Raumhafen fahren. Das Leben auf Thalkat hatte sich weitgehend normalisiert. Auf den Straßen waren nur selten einmal uniformierte Terraner zu sehen.

Sie alle waren Abkommen von Menschen, die die Erde verlassen und sich irgendwo in der Galaxis angesiedelt hatten. Das war die Voraussetzung dafür, daß sie im Galaktischen Freiheitsreich geduldet wurden.

Als Tekener den Raumhafen erreichte, sah er, daß mehr als tausend Reisende auf die Abfertigung warteten. Es waren ausschließlich Terraner, wie er bald herausfand, als er sich in die Menge begab und das Gespräch mit einigen Männern aufnahm.

„Die werden sich wundern“, sagte ein rothaariger Mann, der fünf Jahre lang als Entwicklungshelfer auf Thalkat gearbeitet hatte. „Schon jetzt bricht vieles zusammen. Wenn keiner von uns mehr hier ist, funktioniert bald überhaupt nichts mehr."

„Dieser verfluchte Grosvenor weiß vielleicht, wie man ein Hotelimperium verwaltet und wie man mit Spielcasinos Geld macht", fügte ein schwergewichtiger Ingenieur hinzu, „aber von Politik hat er keine Ahnung. Er hat den Mund zu voll genommen. Er wird sich verschlucken."

„Ich verstehe das nicht", bemerkte eine weißhaarige Frau, die auf ihrem Koffer saß. „Ich hatte wirklich gute Beziehungen zu der thalkatischen Regierung. Bei der Verbesserung der Infrastruktur haben wir phantastische Fortschritte gemacht. Niemand hat mehr geholfen als wir Terraner. Und jetzt kommt dieser Grosvenor daher und zerschlägt alles."

Sie blickte Tekener hilfesuchend an.

„Ich habe der neuen Regierung meine Zusammenarbeit angeboten. Ich habe versucht, ihr klarzumachen, daß die Arbeit gerade in den tropischen Gebieten nicht ruhen darf, weil die Natur sonst in kürzester Zeit alles zerstört, was wir aufgebaut haben. Es war sinnlos. Man hat mich nicht einmal angehört."

Tekener lächelte.

„Man wird seine Gründe haben." Er ging weiter. Am liebsten hätte er diesen verzweifelten und enttäuschten Menschen gesagt, daß der neue Imperator sie alle vertrieb, weil er Angst vor ihnen hatte, weil er in jedem von ihnen einen USO-Spezialisten oder einen SolAb-Agenten vermutete. Doch er schwieg, weil er nicht wissen konnte, ob Maude Sharpe ihrerseits Agenten unter die Wartenden geschickt hatte, um diejenigen herauszufinden, die ihr gefährlich werden konnten.

Er sprach noch mit einigen anderen Männern und Frauen und erhielt überall ähnliche Antworten. Schließlich setzte er sich auf einen der beiden Gepäckboxen, die er mitgenommen hatte, und wartete ab. Er war überzeugt davon, daß der Linienraumer erst viel später wieder starten würde. Doch er irrte sich.

Plötzlich begannen die Kontrollen. Dabei zeigte sich, daß die Zahl der Helfer Maude Sharpes außerordentlich groß war. Dutzende von Männern und Frauen errichteten Untersuchungsschranken und schleusten die Reisenden durch. Dabei gingen sie mit außerordentlicher Härte vor. Wer sich nicht untersuchen lassen wollte, geriet in die stählernen Fänge eines Roboters, während ein zweiter Roboter ihm die Kleider vom Leib riß.

Tekener mußte an die Worte des Froschwesens denken.

In aller Deutlichkeit zeigte sich, warum Maude Sharpe sich zum Imperator mit politischer Macht aufgeschwungen hatte. Als wirtschaftliche Größe hätte sie sich derartiges niemals leisten können. So aber waren die Terraner ihrer Willkür machtlos ausgesetzt.

Schon wenige Minuten nach Beginn der Aktion stand Tekener vor zwei Männern. Beide waren terranischer Abkunft, hatten aber arkonidisches Blut in den Adern, wie das auffallend helle Haar und die rötliche Färbung ihrer Augen verriet.

Wortlos zog der USO-Spezialist sich aus. Er ließ die Untersuchung über sich ergehen, und er protestierte auch nicht, als die beiden Männer ihm nur ein Gepäckstück genehmigten. Sie begründeten die Beschlagnahme des anderen mit neuen Ausfuhrbestimmungen. Tekener war jedoch davon überzeugt, daß es ihnen lediglich darauf ankam, Beute zu machen. Sie wußten, daß die Reisenden hilflos waren, und sie nutzten die Gelegenheit zum Plündern. Tekener wunderte sich darüber, daß sie ihm nicht beide Gepäckstücke wegnahmen.

„Sie können passieren", sagte einer der beiden.

Tekener zog sich an, nahm seine Gepäckbox und ging

weiter. Zehn Minuten später befand er sich an Bord des Linienraumers. Danach vergingen noch einmal fast dreißig Minuten, bis der Start erfolgte.

Der USO-Spezialist lehnte sich in seinen Polstern zurück und lächelte.

Er gestand sich ein, daß er Angst gehabt hatte.

Er befand sich in einem kleinen Unterhaltungsraum, in dem sich außer ihm niemand aufhielt. Da der Videofilm, den die Schiffsführung abspielte, ihn nicht sonderlich interessierte, verließ er den Raum und wechselte zum großen Aufenthaltsraum über. Er hoffte, hier weitere Informationen von den anderen Reisenden zu bekommen.

Verblüfft blieb er am Eingang stehen.

Er hatte erwartet, einige hundert Passagiere zu sehen, doch nur etwa neunzig hielten sich in dem großen Raum auf.

Tekener ging zu zwei Männern, die an einem der Tische saßen.

„Was ist los?“ fragte er. „Wo sind die anderen?“

Die beiden blickten ihn verwundert an.

„Wissen Sie es wirklich nicht?“ fragte einer von ihnen. Er war weißhaarig, und sein Gesicht war von tiefen Furchen gezeichnet.

„Ich habe nicht die geringste Ahnung.“

„Imperator Grosvenor hat sie zurückgehalten“, erklärte der Mann. „Nur etwa hundertfünfzig Männer und Frauen sind durch die Kontrollen gekommen. Danach war Schluß. Alle anderen sind auf Thalkat zurückgeblieben.“

„Als Geiseln“, fügte der andere hinzu.

11.

Zwei Tage später betrat Tekener das Büro Lordadmiral Atlans. Der Arkonide erhob sich, als er ihn sah, und kam ihm entgegen.

„Ich habe schon auf Sie gewartet, Tek", sagte er. „Sie haben Glück gehabt, daß Sie noch rechtzeitig herausgekommen sind."

Er bot dem jungen Spezialisten Platz an.

„Das Galaktische Freiheitsreich hat sich kurzfristig entschlossen, so viele terranische Geiseln wie möglich zurückzuhalten", fuhr der Arkonide fort, nachdem Tekener sich gesetzt hatte. „Zur Zeit befinden sich nahezu elftausend Männer, Frauen und Kinder in seiner Gewalt."

„Ich verstehe nicht, daß Maude Sharpe sich dazu entschlossen hat", entgegnete Tekener. „Welchen Grund haben wir ihr gegeben?"

Der Arkonide lächelte. Tekener hatte inzwischen einen schriftlichen Bericht abgegeben und das Fotomaterial zur Auswertung weitergereicht, so daß Atlan über alles informiert war, was auf Okta, Flachat und Thalkat geschehen war.

„Wir haben inzwischen ermittelt, daß Maude Sharpe die Tochter von Gordon Grosvenor ist", erklärte er. „Sie war also durchaus berechtigt, sein Erbe anzutreten. Ihr fehlt jedoch das Genie, das ihn ausgezeichnet hat. Sie wollte das Hotel- und Casinoimperium so weit wie nur irgend möglich über die Galaxis ausbreiten und ist dabei erhebliche finanzielle Risiken eingegangen. Die Bilanz ihres wirtschaftlichen Imperiums ist bei weitem nicht so gut, wie allgemein angenommen wird. Das ist auch der Grund dafür, daß sie mit allen Mitteln versucht, Finanzquellen zu öffnen. Daraus resultiert ihr Interesse für die Edelsteinvorkommen auf Okta und für hochwertige Rohstoffe auf vielen anderen Planeten. Sie hat sich finanziell übernommen. Die Geschäfte in den Casinos gehen zurück, nachdem ruchbar geworden ist, daß in einigen Casinos falschgespielt wurde. Der politische Schachzug kam also nicht von ungefähr. Maude Sharpe wollte sich damit nicht nur gegen uns abschirmen, sondern die Ausbeutung einiger Sternenvölker legalisieren."

„Der Coup ist ihr geglückt", sagte Tekener.

„So sieht es aus", entgegnete der Arkonide. „Mittlerweile hat sie sich auf den Welten des Galaktischen Freiheitsreiches als neuer Herrscher zu erkennen gegeben. Sie ist damit allen Gerüchten entgegengetreten, daß Gordon Grosvenor der Imperator ist. Von allen Welten ihres Reiches liegen Meldungen vor, daß sie die Lage in der Hand hat. Vereinzelte Gegenrevolten wurden niedergeschlagen."

Tekener zeigte auf die Akte, die auf dem Tisch lag.

„Ich habe Fotos von Dokumenten mitgebracht, mit denen wir ihr einen Strick drehen können", sagte er.

„Kommen wir zum Wesentlichen zurück", erwiderte Atlan. „Ihre Archillesferse ist die Finanzstruktur. Ihre Macht basiert auf Krediten, die sie bei den Banken des Solaren Imperiums aufgenommen hat. Sie ist darauf angewiesen, daß die Gelder auch weiterhin fließen. Und weil wir uns erlaubt haben, ihr den Geldhahn abzudrehen, hat sie mit der Geiselnahme gekontert."

„Dann kommt es also darauf an, wer länger durchhält."

Der Arkonide schüttelte den Kopf.

„Maude Sharpe hat keine Zeit. Sie braucht eine schnelle Entscheidung. Zur Zeit versucht sie, bei den Arkoniden Geld aufzutreiben, aber wir sind uns mit ihnen darüber einig geworden, daß sie nicht für uns einspringen werden. Auch die Springer, die Antis, die Epsaler oder sonst jemand werden das nicht tun. Maude Sharpe kann nur mit uns verhandeln. Um ihr das deutlich zu machen, haben wir alle Hotels und Casinos schließen lassen, die auf den Planeten unseres Einflußbereichs liegen. Es sind über tausend."

Jetzt legte der Arkonide die Hand auf die Akte. Er blickte Tekener durchdringend an.

„Maude Sharpe hat nicht damit gerechnet, daß wir den anderen Sternenvölkern beweisen können, daß ein unmittelbarer Zusammenhang zwischen dem Grosvenor-Konzern und dem Galaktischen Freiheitsreich besteht. Die Dokumente, die Sie fotografiert haben, waren überzeugende Beweise. Daher verpufft die gegen das Solare Imperium gerichtete Propaganda zur Zeit wirkungslos. Niemand protestiert dagegen, daß wir die Hotels und Casinos schließen lassen. Maude Sharpe steht allein mit ihrem Freiheitsreich da."

„Was werden Sie tun, um die Geiseln zu befreien?"

„Das weiß ich noch nicht", erwiderte der Unsterbliche. „Maude Sharpe hat etwas von ihrem Vater geerbt – die Spielleidenschaft. Das müssen wir einkalkulieren. Sie sieht die Auseinandersetzung mit dem Solaren Imperium wahrscheinlich als Spiel, bei dem es um alles oder nichts geht. Die Frage ist jetzt, wer von uns beiden der bessere Spieler ist. Zur Zeit sind wir beide damit beschäftigt, dem anderen unsere Stärke zu demonstrieren und ein wenig zu bluffen."

„Maude Sharpe ist gefährlich", stellte Tekener fest. „Bei den von ihr befohlenen Revolten sind Tausende getötet worden. Sie kennt keine Skrupel. Das könnten auch die Geiseln zu spüren bekommen."

„Ich bin mir darüber klar."

Atlan ließ sich nun in allen Einzelheiten berichten, wie der Einsatz Tekeners verlaufen war. Er wollte sich so gut wie nur möglich über Maude Sharpe und ihre Methoden informieren.

„Ich sehe zur Zeit nur eine Möglichkeit", sagte Atlan, als Tekener seinen Bericht beendet hatte. „Wir müssen auf Maude Sharpe eingehen. Wir müssen spielen."

„Zu einem Spiel bin ich immer bereit", erwiderte Tekener. „Wo soll es stattfinden?"

Atlan lächelte.

„Es beginnt im Spielcasino von Haydon", erklärte er. „Haydon ist ein relativ unwichtiger Planet, der sich in der Grauzone zwischen dem Solaren Imperium und dem Galaktischen Freiheitsreich befindet. Überraschend an Haydon ist eigentlich nur, daß Maude Sharpe sich diesen Planeten nicht gleich mit einverleibt hat. Vielleicht hat sie sich davor gescheut, weil die Springer diesen Planeten als Umschlag- und Lagerplatz für ihre Waren benutzen."

„Und was soll da passieren?" fragte der Spezialist.

„Sie werden einen Fernsehauftritt haben", antwortete Tekener.

Drei Tage später landete Tekener mit einem Gleiter vor dem Grosvenor-Gebäude, das im Zentrum der Stadt Patrion stand. Patrion war die Hauptstadt des Planeten Haydon.

Tekener blieb einige Minuten lang im Gleiter sitzen und blickte zu dem Hotel hinüber. In den beiden unteren Etagen befand sich das Spielcasino.

Vor dem Casinoeingang parkte ein großer Gleiter, der mit topsidischen Lettern beschriftet war. Der Terraner konnte die Schrift nicht lesen, aber er wußte auch so, was sie aussagte: Topsid-Videophon. Eine von der USO bestellte Gruppe von Topsidern machte Fernsehaufnahmen im Casino. Dem Grosvenor-Management gegenüber hatten die Topsider erklärt, man bemühe sich in der East-Side der Galaxis, das Leben der Völker in diesem Teil der Milchstraße darzustellen, wobei die von den Terranern geprägte Kultur im Vordergrund stünde. Das Grosvenor-Management hatte die Filmerlaubnis umgehend erteilt. Offensichtlich versprach man sich einen guten Werbeeffekt davon, wenn ein Film über den Spielbetrieb in einem Casino bei den Topsidern ausgestrahlt wurde.

Tekener stieg aus und warf sich einen flammend roten Umhang um die Schultern. Er wollte sicher sein, daß er auffiel.

Er betrat das Hotel und ging an der Rezeption vorbei, ohne beachtet zu werden.

Kaum hatte er jedoch die Tür zum Casino durchschritten, als sich ihm eine junge Frau näherte.

„Mr. Tekener", sagte sie, freundlich lächelnd. „Es tut mir leid. Sie dürfen nicht spielen."

„Wir sind auf Haydon", erwiderte er. „Und hier muß das Haus Grosvenors die Gesetze dieser Welt akzeptieren und einhalten. Ein Spielverbot darf nicht ausgesprochen werden."

„Sie haben sich schriftlich verpflichtet, nicht mehr bei uns zu spielen."

„Habe ich das? Dann zeigen Sie mir den Vertrag. Wenn Sie das können, werde ich gehen." Tekener hatte so laut gesprochen, daß die Gäste aufmerksam wurden. An einigen Spieltischen erhoben sich Springer, Arkoniden und Akonen. Sie gehörten zur USO und sollten ihn unterstützen. Von der Kasse des Casinos kamen zwei breitschultrige Männer. Sie stellten sich neben die junge Frau.

„Sie verlassen das Casino auf der Stelle", sagte sie.

„Ich denke gar nicht daran", antwortete er. „Ich habe das Recht auf meiner Seite. Ich gehe nicht."

Die Topsider schwenkten ihre Kameras herum und filmten die Szene, obwohl ein Casinoangestellter versuchte, es zu verhindern. Tekener wollte sich an der Frau vorbeischieben, als die beiden Wachen ihn packten. Darauf hatte er nur gewartet. Er riß sich los. Die beiden griffen nach, und plötzlich entstand eine Schlägerei. Tekener verhielt sich dabei so, daß er die meisten Schläge einsteckte. Dabei sorgte er dafür, daß er mehrfach am Kopf getroffen wurde. Er wollte, daß die Topsider schockierende Bilder machten.

Dann tauchte ein weiterer Casinoangestellter auf und stellte sich zwischen die Kämpfenden.

„Schluß“, rief er erregt. „So etwas wollen wir hier nicht haben.“

Er wandte sich an die beiden Wachen.

„Sie sind entlassen“, erklärte er. Dann drehte er sich zu Tekener um. „Und Sie werden nicht erwarten, daß wir Sie nach diesem Zwischenfall noch länger in diesen Räumen dulden.“

„Ich bin angegriffen worden“, erwiderte Tekener so laut, daß jeder im Saal ihn hören konnte. „Dafür werden Sie bezahlen. Verlassen Sie sich darauf. Ich werde mich rächen.“

„Tun Sie das, Mr. Tekener“, sagte der Casinomanager hochnäsig.

Tekener tupfte sich das Blut ab.

„Sie werden sich noch wundern“, fuhr er fort und tat, als habe er Mühe, sich zu beherrschen. Dann fuhr er herum und eilte aus dem Casino.

Als Ronald Tekener sieben Tage später mit einem Drei-Mann-Zerstörer auf dem Planeten Thalkat landete, waren die Wunden in seinem Gesicht verheilt. Der USO-Spezialist wich der Radarkontrolle des einzigen Raumhafens aus und landete in der Wildnis weitab der Hauptstadt Meadows. Er ließ die Maschine auf einer Lichtung im Urwald stehen und flog auf einer Antigravplattform weiter. Als er die Hauptstadt erreichte, ging die Sonne unter. Er wartete, bis es dunkel war, dann flog er bis ins Zentrum. Er landete auf einem kleinen Platz, ohne bemerkt zu werden.

Wenig später stand er dem froschähnlichen Wesen gegenüber.

„Wo sind die Geiseln?“ fragte er.

„Am südlichen Stadtrand", antwortete der *Schläfer*. „Sie sind in einem gut bewachten Camp untergebracht. Es wird von einem Energiezaun umschlossen."

„Ich benötige Ihre Hilfe", sagte Tekener und erläuterte seinen Plan.

„Die Stimmung hier ist schlecht", erklärte der *Schläfer*. „Das neue Regime ist verhaßt. Die Thalkater würden es lieber heute als morgen zum Teufel jagen, doch sie sind keine Kämpfer. Sie beugen sich der Gewalt und hoffen, daß sich das neue Regime irgendwann von selbst erledigt. Anders ist es jedoch, wenn man ihnen den Kampf abnimmt."

„Das habe ich vor. Die Thalkater sollen mir lediglich helfen, ins Camp zu kommen."

„Das werden sie tun. Ich übernehme es, das zu organisieren."

Das froschähnliche Wesen kroch ächzend und schnaubend aus dem Sumpf hervor und führte eine Reihe von Videogesprächen.

„Es ist so, wie Sie vermutet haben", sagte es danach. „Sie können den Energiezaun nicht mit der Transportplatte überfliegen. Die Wachen würden sie sofort abknallen. Sie überwachen den Luftraum mit Ortungsgeräten. Wenn Sie allerdings . . ."

Er machte Tekener einen verblüffenden Vorschlag.

Eine Stunde später stand Tekener auf dem Dach eines Hochhauses. Von hier aus konnte er das Camp mit den Gefangenen sehen. Es war etwa tausend Meter von ihm entfernt. Der Energiezaun leuchtete wie ein Feuerring.

Zehn Thalkater umringten Tekener und seine Ausrüstung. Schweigend befestigten sie Seile an seinem Gürtel. Das froschähnliche Wesen hatte die Thalkater als Helfer angeworben. Alle waren sofort bereit gewesen, Tekener in seinem Kampf zu unterstützen. Sie hatten ihm auch zu verstehen gegeben, daß sie bei den Folgeaktionen eingreifen würden.

„Wir können nicht gut fliegen", sagte einer von ihnen, nachdem er dem Terraner das Startzeichen gegeben hatte. „Hilf uns so gut du kannst mit deinem Antigravgürtel."

„Ihr könnt euch auf mich verlassen", erwiderte Tekener. Er warf sich das Ausrüstungsbündel über den Rücken. Es enthielt einen schweren Desintegratorstrahler als wichtigste Waffe.

Die Thalkater hüpften auf dem Dach und schlugen mit den Flügeln. Schwerfällig erhoben sie sich. Jeder von ihnen war durch ein Seil mit Tekener verbunden. Als sie aufstiegen, strafften sich die Seile, die alle unterschiedlich lang waren, so daß jeder Thalkater genügend Bewegungsraum für sich hatte.

Tekener schaltete den Antigravgürtel ein und schwebte sanft in die Höhe. Die Thalkater zogen ihn über die Dachkante hinaus und segelten in die Tiefe. Jetzt schlug keiner von ihnen mit den Flügeln. Lautlos glitten sie dahin. Als sie sich etwa hundert Meter vom Hochhaus entfernt hatten, ließen sie sich vom Aufwind in die Höhe treiben.

Tekener schaltete den Antigrav aus.

Ein Stöhnen ging durch die Gruppe der Thalkater über ihm. Er spürte, wie sie unter der Belastung litten. Einige schlugen nervös mit den Flügeln, doch dann beruhigten sich die Vogelwesen wieder.

Lautlos glitten sie auf das Camp zu. Dabei verloren sie schnell an Höhe. Er sah eine Wache, die sich in der Umgebung des Camps aufhielt. Sie bemerkte nicht, was über ihrem Kopf geschah. Die Ortungsgeräte sprachen nicht an. Niemand war auf einen derartigen Angriff vorbereitet. Die anderen Wachen hielten sich in Kuppelzelten auf.

Die Thalkater trugen Tekener über den Energiezaun

hinweg und stürzten sich mit ihm in die Tiefe. Wenige Meter über dem Boden schaltete er den Antigrav wieder ein. Er landete sanft, riß sich den Gürtel vom Leib und blickte den Thalkatern nach, die lautlos in der Dunkelheit verschwanden.

Selbst die Gefangenen im Camp hatten nicht bemerkt, daß er ins Lager gekommen war. Sie lagen auf dem Boden und schliefen. Einige Männer saßen etwa zwanzig Meter von Tekener entfernt an einem Feuer und sprachen leise miteinander.

Er ging zu ihnen hin. Erschreckt fuhren sie auf, als er in den Lichtkreis des Feuers trat.

„Wo kommen Sie her?“ fragte einer von ihnen. Tekener erkannte in ihm einen jener Männer wieder, mit denen er vor seinem Start am Raumhafen gesprochen hatte. Er setzte sein Ausrüstungsbündel ab und ließ sich auf den Boden sinken.

„Ich habe vor, Sie zu befreien“, erklärte er.

„Sind Sie von der terranischen Regierung?“ fragte einer der anderen, nachdem er sich als Erik Andersen vorgestellt hatte. Er war blond und hatte einen gekrümmten Rücken.

„Nein“, erwiderte Tekener. „Ich habe vor, mich zu rächen.“

Er schilderte, was im Casino von Haydon geschehen war.

„Deshalb bin ich nach Thalkat gekommen“, schloß er seinen Bericht. „Ich kenne die Situation auf Thalkat besser als auf jedem anderen Planeten. Das neue Regime steht noch auf wackeligen Beinen. Ich habe vor, es zu stürzen, und Sie sollen mir dabei helfen.“

„Wir kommen hier nicht ’raus“, entgegnete Andersen.

„Deshalb bin ich ja hier“, erwiderte Tekener. Er zog eine Zeichnung aus der Tasche. „Keine zwanzig Meter vom Camp entfernt führt ein Abwassertunnel vorbei. Dorthin werden wir uns vorarbeiten. Ich habe einen schweren Desintegratorstrahler dabei, mit dem wir einen Tunnel bohren."

Andersen schüttelte den Kopf.

„Warum so umständlich? Warum haben Sie den Tunnel nicht von außen zu uns hereingetrieben?"

„Weil die Wachen den Desintegratorstrahler orten können, sobald ich mit ihm in ihre Nähe komme. Wenn ich den Energiezaun unterquere, wird es gefährlich. Dann benötige ich Ihre Hilfe."

„Was sollen wir tun?" fragte ein dunkelhäutiger Mann, der neben Erik Andersen saß.

„Sie werden lärmen und mit Steinen nach den Wachen werfen. Sie werden alles tun, was nur möglich ist, um sie abzulenken. Dann werden wir es schon schaffen."

„Einverstanden", sagte Andersen. „Wie steht es mit Waffen für uns?"

„Einige Paralysatorstrahler habe ich dabei. Sobald wir draußen sind, werden Sie mit allem versorgt, was Sie benötigen. Ein Freund wartet im Tunnel auf uns."

„Wir sind dabei", erklärte Andersen. „Sie können sich gar nicht vorstellen, was wir mitgemacht haben. Man gibt uns noch nicht einmal ausreichend zu essen und zu trinken."

„Wo ist der Tunnel?" fragte der Dunkelhäutige.

Tekener zeigte zu der Seite, an der sich der Abwassertunnel befand.

„Das ist günstig", bemerkte Andersen. „Da drüben liegen einige Felsen, so daß Sie Deckung haben, wenn Sie beginnen."

Er führte Tekener zu der Stelle, die er meinte. Sie stellte tatsächlich einen günstigen Ausgangspunkt dar. Tekener packte den Desintegratorstrahler aus seiner Schutzhülle und setzte ihn ein. Der steinige Boden löste sich zu Staub auf. Er stürzte förmlich in sich zusammen, so daß sich rasch eine Vertiefung bildete.

Erik Andersen entfernte sich mit seinen Freunden, um die anderen Lagerinsassen zu wecken und zu verständigen. Dabei ging er so behutsam vor, daß alles ruhig blieb. Immer mehr Neugierige erschienen bei Tekener, um ihm bei seiner Arbeit zuzusehen. Als er sich bis in eine Tiefe von etwas mehr als zwei Metern vorgearbeitet hatte, begann er damit, einen Tunnel zu schaffen. Er kam schnell voran.

Als er etwa fünf Meter weit vorgedrungen war, kam Andersen zu ihm.

„Wann sollen wir beginnen?“ fragte er.

„Jetzt“, erwiderte Tekener, während er das Gestein mit dem grünen Desintegratorstrahl auflöste. „Fangen Sie ganz langsam an. Verlangen Sie Wasser und Brot. Lassen Sie die Kinder lärmen. Danach sollen die Leute gegen die Lagerbedingungen protestieren. Der Krach soll sich allmählich ausweiten. Zünden Sie Feuer an, damit man Sie sehen kann. Steine sollen erst ganz zum Schluß fliegen, wenn die Wachen den Eindruck haben, daß Ihnen die Nerven durchgehen.“

„Ich habe verstanden“, erwiderte Andersen. „Sie können sich auf mich verlassen.“

„Die Hauptgruppe Ihrer Leute soll sich nicht allzu weit von hier entfernen. Höchstens dreißig Meter nach links oder rechts. Sie sollen auf keinen Fall ans entgegengesetzte Ende gehen. Das könnte die Wachen auf den Gedanken bringen, daß hier auf der ruhigen Seite etwas nicht in Ordnung ist – womit sie dann ja auch recht hätten.“

Andersen grinste und beteuerte abermals, daß er alles so durchführen würde, wie Tekener ihm gesagt hatte. Dann ließ er den Spieler allein und stieg wieder nach oben.

Wenig später begann ein Kind im Camp zu weinen. Eine Mutter schrie. Ihre Rufe hallten durch die Nacht, veranlaßten die Wachen jedoch nicht, ihre Kuppelzelte aus Metallplastik zu verlassen. Sie ließen sich auch dann noch nicht sehen, als einige weitere Frauen in das Protestgeschrei der Mutter einstimmten.

Mehrere Feuer flackerten auf.

Die Männer erhoben sich von ihren Schlafstätten. Sie gesellten sich zu Erik Andersen, der am Energiezaun stand.

„He, Wache!" rief er. „Wache! Wir müssen mit Ihnen reden."

Bei den Zelten rührte sich nichts. Die Soldaten des Galaktischen Freiheitsreichs ignorierten die Rufe.

Andersen nahm einen Stein und schleuderte ihn über den Zaun. Das Wurfgeschoß prallte gegen ein Kuppelzelt. Unmittelbar darauf trat ein vierschrötiger Mann ins Freie. Er drohte Andersen mit erhobener Faust.

„Die Kinder haben Hunger und Durst", schrie Andersen. „Wollen Sie uns etwa umbringen?"

Die Wache machte eine abfällige Gebärde und kehrte ins Zelt zurück.

„Besser hätte es gar nicht kommen können", sagte Andersen. „Jetzt gibt es Zunder. Werft Steine. Macht Lärm. Holt sie 'raus aus ihren Zelten."

Die Lagerinsassen liefen zu ihm. Sie protestierten lauthals gegen die Behandlung durch die Wachen. Ein Steinhagel ging über den Zelten nieder. Einige Minuten verstrichen, ohne daß etwas geschah, dann aber stürmten die Wachen heraus. Sie hielten Energiestrahler in den Händen, doch damit konnten sie niemanden beeindrucken. Die Lagerinsassen wußten, daß sie nicht durch den Energiezaun schießen konnten.

Der verantwortliche Offizier hob ruhegebietend den Arm. Er war klein und zog das rechte Bein etwas nach. Sein Gesicht war von Narben entstellt.

„Hört auf mit dem Lärm", schrie er.

„Wir haben Hunger und Durst", brüllte Andersen zurück. „Wollt ihr uns umbringen?"

„Wir werden dafür sorgen, daß ihr alles bekommt, was ihr braucht", antwortete der Offizier. „Sobald es hell wird, bringt ein Gleiter Nahrungsmittel und Getränke."

„Wir wollen jetzt etwas", erwiderte Andersen. „Wenn wir noch einige Stunden warten müssen, sterben die Kinder. Bringen Sie uns sofort etwas."

„Scheren Sie sich zum Teufel", rief der Offizier. „Sie warten."

Andersen nahm einen Stein auf und schleuderte ihn auf den Offizier. Er verfehlte ihn nur knapp. Auch die anderen Männer griffen nach Steinen. Der Offizier erkannte, daß er sich nicht rechtzeitig in Sicherheit bringen konnte.

„Warten Sie", schrie er. „Sie haben recht. Sie sollen sofort etwas bekommen."

„Nicht werfen", befahl Andersen. „Laßt ihn ausreden."

Ein Junge kam zu ihm und zupfte ihn am Ärmel.

„Mr. Tekener ist durch", flüsterte er ihm zu. „Ich soll Ihnen sagen, daß Sie Schluß machen können."

„Danke", erwiderte Andersen ebenso leise.

„Ich schicke einen Gleiter in die Stadt", versprach der Offizier. „In spätestens einer Stunde haben Sie alles, was Sie benötigen."

„Der lügt wie gedruckt", sagte der Mann neben Andersen. Er schickt uns höchstens einen Gleiter, der uns von oben paralysiert."

„Laß ihn", entgegnete Andersen. „In einer Stunde sind wir alle weg."

„In Ordnung", rief er laut. „Wir warten."

Er wies die Männer und Frauen an, sich allmählich zurückzuziehen und die Feuer zu löschen. Im Lager kehrte Ruhe ein. Andersen stieg in den Tunnel. Helfer hatten Späne in die Tunnelwände gesteckt und angezündet, so daß er genügend sehen konnte. Der Tunnel führte zunächst schräg in die Tiefe und stieg dann wieder etwas an. Ronald Tekener wartete an seinem Ende auf ihn. Ein froschähnliches Wesen war bei ihm. Es kauerte im Abwässerstrom, wo es sich wohl zu fühlen schien. Neben ihm standen mehrere große Behälter mit Waffen und anderen Ausrüstungsgegenständen.

„Holen Sie Ihre Leute aus dem Camp", befahl Tekener. „Es geht los."

12.

Am Ende des Tunnels parkte ein Gleiter. Es war eine kleine Maschine, die nur vier Personen Platz bot.

„Wollen Sie damit angreifen?" fragte Andersen.

„Das habe ich vor", erwiderte Tekener gelassen. „Maude Sharpe zieht seit einigen Tagen um. Sie bringt alles, was für die Regierungsarbeit wichtig ist, vom Grosvenor-Hotel in das alte Regierungszentrum der Thalkater. Auch heute nacht sind einige Transporte unterwegs. Wir werden uns ihrer annehmen."

Er stieg in die Maschine und setzte sich hinter das Steuer. Andersen nahm neben ihm Platz. Zwei weitere Männer aus dem Camp belegten die hinteren Plätze.

Tekener startete, ohne die Scheinwerfer einzuschalten, während das froschähnliche Wesen es übernahm, die befreiten Terraner aus dem Camp ins Regierungsviertel zu führen.

Nach einigen Minuten ließ Tekener den Gleiter an der Flanke eines Hochhauses aufsteigen. Er lenkte ihn auf das Dach und setzte dort ab. Das Grosvenor-Hotel war nur noch etwa einen Kilometer von ihnen entfernt. Mehrere Kampfgleiter parkten auf dem Dach des Hotels. Sie waren trotz der Dunkelheit gut zu erkennen.

„Wir warten, bis ein Gleiter startet", erläuterte der

USO-Spezialist. „Wahrscheinlich wird es nicht lange dauern.“

„Hoffentlich merken Sharpes Leute inzwischen nicht, daß wir das Camp geräumt haben“, sagte Andersen. „Das würde unsere Lage erheblich erschweren.“

Tekener lächelte.

„Seien Sie nicht so pessimistisch“, entgegnete er. „In dieser Nacht kommen die Thalkater aus ihrer Reserve. Hunderttausende nähern sich dem Regierungsviertel. Sie werden Maude Sharpe und ihre Helfer beschäftigen.“

„Ein Gleiter startet“, meldete einer der beiden Männer, die hinten saßen.

Tekener beugte sich nach vorn und wartete. Der Gleiter näherte sich ihnen und flog über sie hinweg. Im gleichen Augenblick ließ Tekener die Maschine ebenfalls aufsteigen. Sie beschleunigte rasch, wobei sie unter dem Kampfgleiter blieb.

„Jetzt“, befahl der Spezialist und fuhr das Schiebedach zurück.

Erik Andersen richtete einen schweren Paralysator nach oben und löste ihn aus. Durch nichts zeigte sich, ob er die beabsichtigte Wirkung erzielt hatte, doch Tekener zweifelte nicht daran, daß alles nach Plan verlief.

Er führte den Gleiter nach oben und lenkte ihn auf die rechte Seite des Kampfgleiters.

„Wir haben es geschafft“, sagte Andersen erregt.

Tekener flog in nur wenigen Zentimetern Abstand neben der anderen Maschine her. Er fuhr das Seitenfenster herunter und feuerte mit einem Desintegratorstrahler auf den Türverschluß neben sich. Dann beugte er sich aus dem Fenster und zog die Tür der anderen Maschine vorsichtig auf, bis er sicher war, daß der Mann auf dem Nebensitz nicht herausfallen würde. Dann stieg er durch das Fenster und wechselte zum anderen Gleiter über.

Er zog die beiden Uniformierten aus den Sesseln und kippte sie nach hinten auf eine leere Sitzbank. Danach half er Andersen und den beiden anderen herüber. Mit einem Funkbefehl schickte er den kleinen Gleiter nach unten. Die Maschine fiel steil ab und landete zwischen den Häusern der Stadt.

Tekener blickte auf das Chronometer am Armaturenbrett. Der Überfall hatte kaum zwei Minuten gedauert.

Rasend schnell näherten sie sich dem Regierungsgebäude. Tekener verzögerte und landete neben anderen Kampfgleitern auf dem Dach des Hauses.

„Los jetzt!“ befahl er. „Wir dürfen keine Zeit verlieren.“

Zwei Uniformierte näherten sich ihnen. Sie waren ahnungslos. Tekener paralysierte sie. Dann stürmte er mit Andersen und den beiden anderen Terranern über das Dach zu einem Abhang hin, der unbewacht war.

Der USO-Spezialist öffnete die Tür und sah sich etwa zwanzig Uniformierten gegenüber, die an einer Großpositronik arbeiteten. Alle waren bewaffnet. Tekener gab ihnen keine Chance. Er überschüttete sie mit lähmenden Energiestrahlen. Sie brachen zusammen, bevor sie sich wehren oder Alarm auslösen konnten.

Tekener sicherte eine Treppe, die nach unten führte. Niemand hielt sich hier auf. Er schaltete sein Funkgerät ein und gab das verabredete Signal. Keine Minute später landeten vier Thalkater auf dem Parkdach des Regierungsgebäudes. Schweigend kamen sie zu Tekener. Sie hatten ein stumpfgraues Gefieder, welches ein deutliches Anzeichen für ihr hohes Alter war.

„Alles ist vorbereitet“, erklärte Tekener. „Bitte, zeigen Sie mir den Weg zu den Räumen, in denen sich die Regierungsmitglieder wahrscheinlich aufhalten.“

Die vier Thalkater eilten an ihm vorbei, als sei er gar

nicht vorhanden. Es waren ehemalige Regierungsmitglieder, die von Maude Sharpe und ihren Helfern aus diesem Gebäude vertrieben worden waren.

Sie führten Tekener und seine Begleiter nach unten. Einige Male stießen sie auf Wachen, doch diese reagierten stets zu spät. Niemand schien mit einem Angriff zu rechnen. Dabei wurde es auf den Straßen in der Nähe des Regierungsgebäudes allmählich laut. Die Bewohner der Stadt demonstrierten gegen die Regierung des Galaktischen Freiheitsreichs. Je näher sie dabei dem Regierungsgebäude kamen, desto lauter erhoben sie ihre Stimmen. Tekener vernahm bereits einige Aufrufe, die aus Lautsprechern hallten.

Plötzlich blieben die vier Thalkater stehen. Einer von ihnen wandte sich zu Tekener um. Seine Augen schoben sich aus dem Gefieder, und mit einer Hand zeigte er auf eine große Tür, die nur noch wenige Schritte von ihnen entfernt war.

„Dahinter liegt eine Halle“, erläuterte er. „Sie ist bestimmt mit Wachen besetzt. Wir müssen sie durchqueren, um zum großen Sitzungssaal zu kommen. Dort sind die Regierungsmitglieder, falls sie überhaupt im Gebäude sind.“

„Ich habe mir von Freunden sagen lassen, daß sie hier sind“, erwiderte der Terraner. Er ging an den Thalkatern vorbei zur Tür und drückte ein Horchgerät dagegen. Die angeschlossene Positronik wies aus, daß sich vier Wachen in der Halle aufhielten.

Andersen und die beiden anderen Männer aus dem Camp kamen zu ihm. Sie hoben ihre Lähmstrahler. Tekener riß die Tür auf. Zusammen mit den anderen stürmte er in die Halle. Zwei Uniformierte saßen an einem Arbeitstisch neben der Tür. Sie stürzten paralysiert zu Boden. Die anderen beiden standen vor der Tür zum Sitzungssaal. Sie griffen zu ihren Waffen und versuchten gleichzeitig, durch eine Seitentür zu entkommen. Tekener fing sie mit dem Paralysator ab. Sie fielen gegen eine Statue und stürzten sie um. Krachend prallte sie auf den Boden und zerbrach in mehrere Teile.

Tekener rannte durch die Halle und stieß die Tür zum Sitzungssaal auf.

An einem langen Tisch saßen die vierundzwanzig Regierungsmitglieder des Galaktischen Freiheitsreichs. Maude Sharpe stand am Ende des Tisches vor einer Sternenkarte, auf der die von ihr beherrschten Sonnensysteme als golden leuchtende Punkte eingelassen waren.

„Was fällt Ihnen ein?“ rief sie empört, als sie Tekener erkannte. „Dies ist kein Spielcasino.“

„Da haben Sie recht“, erwiderte der USO-Spezialist, und ein drohendes Lächeln erschien auf seinem von Lashat-Narben gezeichneten Gesicht. Er schaltete sein Armbandfunkgerät ein und strahlte eine vereinbarte Botschaft ab. „Mich überrascht lediglich, daß Ihnen das nicht schon vorher aufgegangen ist.“

„Was fällt Ihnen ein!“ sagte sie zornbebend. Sie kam um den Tisch herum und ging auf ihn zu. „Ich werde dafür sorgen, daß Sie sich vor einem Gericht zu verantworten haben.“

„Vor einem hiesigen Gericht wird das nicht mehr möglich sein“, bemerkte er, während die vier Thalkater den Raum betraten. „Draußen sind Hunderttausende von Thalkatern versammelt. Sie protestieren dagegen, daß Sie ihnen die Freiheit geraubt haben. Nicht ein einziger von ihnen ist bereit, Ihnen zu bescheinigen, daß sich Thalkat freiwillig dem Galaktischen Freiheitsreich angegliedert hat. Und hier sind vier ehemalige Regierungsmitglieder, die gekommen sind, um Ihnen zu sagen, daß Sie möglichst schnell von Thalkat verschwinden sollen.“

„Sie sind ein Narr, Tekener. Glauben Sie wirklich,

daß Sie mich von hier vertreiben können? Ich habe die Macht in Händen, und ich gebe sie nicht wieder her."

Tekener ging zu einem Videogerät und schaltete es ein. Im Projektionsfeld erschien das Bild eines Thalkaters.

„Was hat das zu bedeuten?" fragte Maude Sharpe, die nicht verstand, was der Thalkater sagte, da er thalkatisch sprach.

„Wir haben alle strategisch wichtigen Stellen auf Thalkat besetzt", erklärte der Spieler. „Das Regierungszentrum, die Fernsehstationen, der Raumhafen und die Kraftwerke sind in unserer Hand. Die Rede, die dieser thalkatische Politiker hält, wird simultan über Hyperkom in die Galaxis abgestrahlt. Der Thalkater verkündet den Völkern der Galaxis, daß man mit brutaler Gewalt gezwungen wurde, dem Galaktischen Freiheitsreich beizutreten, und daß man sich nun von ihm losgesagt habe. Der Thalkater fordert Beobachter von den Sternenvölkern an, die sich an Ort und Stelle davon überzeugen sollen, daß Thalkat seine Unabhängigkeit wiedererlangt hat."

Tekener lächelte erneut.

„Nebenbei, Miß Sharpe, zur Zeit landet gerade ein Raumschiff mit mehreren Beobachtern an Bord. Wir haben Zeugen dafür, daß sich das thalkatische Volk gegen Ihre Herrschaft auflehnt, eine Herrschaft, die nun wohl zu Ende sein dürfte."

„Sie sind ein terranischer Agent", sagte sie haßerfüllt.

„Ich bin ein Privatmann", erklärte er. „Sie wollten mich aus Ihren Casinos verjagen. Das gefiel mir nicht. Ich habe das Spiel angenommen, das Sie mir angeboten haben. Um alles oder nichts. Nun – ich habe gewonnen. Sie stehen vor dem Nichts. Oder glauben Sie ernsthaft, daß Sie den Zusammenbruch Ihres Reiches jetzt noch verhindern können?"

Maude Sharpe senkte den Kopf. Sie wußte, daß sie verloren hatte. Resignierend wandte sie sich ab.

„Die terranische Gerichtsbarkeit wird sich mit Ihnen befassen“, sagte Tekener.

Ronald Tekener entfernte sich etwas weiter als hundert Meter von der Space-Jet, mit der er nach Okta gekommen war. Er setzte sich auf einen Stein. Er befand sich in einem einsamen Tal, das dicht bewaldet war. Von seinem Platz aus konnte er es gut übersehen. Mehrere Bäche zerschnitten das Grün der Wälder. Sie flossen in einen Fjord, der sich dem Tal anschloß. Große Tierherden ästen an den Ufern der Bäche.

Aus einem der Waldstücke näherte sich ihm ein Oktaner. Er war auffallend groß. Er trug weiße Gewänder, die durch einen blauen Stoffgurt zusammengehalten wurden. An seiner Seite blitzte ein Sertagi-Schwert.

Tekener vermutete, daß es Goras, der Meister des Schwertes, war. An seinem Gesicht konnte er ihn nicht erkennen.

Der Oktaner blieb kurz vor Tekener stehen.

„Ich bin Goras“, eröffnete er ihm. „Der Meister des Schwertes. Ich wußte, daß Sie zurückkommen würden, Tekener.“

Er setzte sich ebenfalls auf einen Stein.

„Ich habe das Funksignal empfangen und bin so schnell gekommen, wie mir möglich war“, fuhr er fort. „Was ist geschehen?“

Tekener griff in seine Jackentasche und holte ein Papier daraus hervor. Er reichte es dem Oktaner.

„Das ist der Vertrag“, erklärte er. „Er besteht nicht mehr. Niemand wird auf Okta Affen jagen, wenn die Oktaner es nicht wollen. Niemand wird irgend etwas von diesem Planeten holen, wenn es ihm nicht zuvor ausdrücklich genehmigt wurde.“

Goras nahm den Vertrag an sich und las ihn durch. Dann steckte er ihn ein.

„Ich habe gewußt, daß Sie es schaffen", sagte er dann. Seine rechte Hand glitt zum Schwertgriff.

„Das Galaktische Freiheitsreich besteht nicht mehr. Die Sternenvölker, die ihm angeschlossen waren, haben ihre Unabhängigkeit erklärt. Das Grosvenor-Imperium ist zusammengebrochen. Maude Sharpe, die Eigentümerin, ist zur Erde geflohen, um der Rache der Sternenvölker zu entgehen."

Goras zog das Schwert und faßte es mit beiden Händen. Er hielt es Tekener hin.

„Ich bin nicht gekommen, um das Schwert zu holen", sagte der Terraner, „sondern um Ihnen den Vertrag zu bringen."

„Ich weiß. Dennoch schenke ich Ihnen das Schwert."

„Das dürfen Sie nicht tun. Oktaner glauben, daß die Sertagi-Schwerter die Heimstätten der Götter sind."

„Das glauben sie", bestätigte Goras. „Dies ist jedoch ein Schwert, das von seinem Gott verlassen wurde. Ich habe es vom Grund des Meeres heraufgeholt. Niemand wird es vermissen. Falls doch noch ein Gott in ihm wohnen sollte, so spielt es für diesen keine Rolle, ob er auf dem Grund des Meeres ruht oder irgendwo auf einer fernen Welt im Meer der Sterne."

Tekener zögerte noch immer.

„Nehmen Sie es", bat Goras. „Sie haben es sich verdient. Niemals zuvor habe ich jemandem ein Schwert so gern gegeben wie Ihnen."

Der Terraner nahm das Schwert. Behutsam, als sei es aus zerbrechlichem Glas, legte er es über seine Knie.

„Werden Sie keine Schwierigkeiten dadurch bekommen?" fragte er.

„Niemand weiß es", erwiderte der Meister. „Und Sie können schweigen."

Er erhob sich, legte die Hände grüßend aneinander, drehte sich um und ging davon.

Nachdenklich kehrte der Terraner zur Space-Jet zurück.

Er wäre gern noch länger auf Okta geblieben. Er war davon überzeugt, daß zahllose Geheimnisse diese Welt umgaben. Er hatte nur einen verschwindend kleinen Teil von ihnen kennengelernt.

ENDE

Bitte beachten Sie die Vorschau auf der nächsten Seite.

Als PERRY-RHODAN-Taschenbuch Band 196 erscheint:

Hans Kneifel

Invasion der fliegenden Monde

Im Kampf mit den Plünderern der Sterne

Ein ATLAN-Zeitabenteuer von HANS KNEIFEL

„Als wir zwischen den letzten Bäumen und Büschen ins Freie hinaustraten, sahen wir ein Bild, das uns noch in unseren Träumen erschrecken würde.

Hoch über uns am wolkenlosen Morgenhimmel schwebten die sieben Raumschiffe der Ter-Quaden wie eine düstere Drohung. Die steinernen Kolosse, die aus Weltraumfernen gekommen waren, schickten sich an, diesen Planeten zu plündern . . .“

Während Atlan, der Arkonide, auf Gäa, dem Sitz des Neuen Einsteinschen Imperiums, mit dem Tode ringt, spricht sein Extrahirn. Es gibt neue, bislang durch das Geistwesen ES blockierte Erinnerung aus seinem langen Leben preis. Der Wächter der Menschheit berichtet von seiner Begegnung mit den kosmischen Plünderern.

INVASION DER FLIEGENDEN MONDE ist eine neue Atlan-Episode aus der terranischen Frühzeit. Andere Abenteuer des Arkoniden erschienen als Bände 56, 63, 68, 71, 74, 83, 86, 89, 92, 95, 98, 100, 104, 108, 116, 147, 149, 152, 156, 159, 162, 165, 173, 177 und 180 in der Reihe der PERRY-Rhodan-Taschenbücher. Weitere Atlan-Zeitabenteuer sind in Vorbereitung.

PERRY-RHODAN-Taschenbuch Nr. 196 in Kürze überall im Zeitschriften-, Buch- und Bahnhofsbuchhandel erhältlich.

Geh'n Sie mit auf Kaperfahrt
Seewölfe
KORSAREN DER WELTMEERE
Fred McMason
Schrecken aus der Tiefe
Heuern Sie an bei den unerschrockenen Seewölfen. Kreuzen Sie mit den verwegenen und stolzen Korsaren auf den sieben Weltmeeren. Auf der Suche nach Abenteuer und reicher Beute.
SEEWÖLFE – spannend bis zur letzten Seite.
Jede Woche neu.